Nem todas as baleias voam

COLEÇÃO GIRA

A língua portuguesa não é uma pátria, é um universo que guarda as mais variadas expressões. E foi para reunir esses modos de usar e criar através do português que surgiu a Coleção Gira, dedicada às escritas contemporâneas em nosso idioma em terras não brasileiras.

CURADORIA DE REGINALDO PUJOL FILHO

DE AFONSO CRUZ

Vamos comprar um poeta

A boneca de Kokoschka

Nem todas as baleias voam

Para onde vão os guarda-chuvas

O vício dos livros

Edição apoiada pela Direção-Geral do Livro,
dos Arquivos e das Bibliotecas / Portugal

Nem todas as baleias voam

Afonso Cruz

3ª IMPRESSÃO

Porto Alegre · São Paulo · 2024

*Naquele tempo, eu já adivinhara que o seu desenho
era muitas vezes transcrição de música. Ou melhor, naquele período,
mesmo sem ele ter dito que tocava sempre violino infatigavelmente,
tinha adivinhado essa transcrição da música. Para mim, esse é o ponto mais
desconcertante da sua existência de artista; pois, se a música de facto
oferece ao traço do lápis uma base de necessidades que valem tanto num campo quanto no
outro, ainda assim não consigo observar, sem algum abalo, esse tipo de conivência
das artes, ignorando a natureza: como se um dia devêssemos sofrer um assalto
do inferno e nos encontrássemos espantosamente indefesos.*
(RAINER MARIA RILKE, *carta sobre Paul Klee*)

Aristóteles, em De Anima, *repudia a teoria popular [mais antiga, dualista e também
usada por Platão], segundo a qual a alma é uma "harmonia" do corpo,
como uma melodia tocada numa lira. [...] Mas a analogia não é de todo errada.
[...]
Um átomo é mais parecido com uma melodia do que com uma mesa.
Mas, como uma mesa é composta por átomos, não significará isso
que a matéria não passa de uma melodia mais complexa? Seremos, como perguntava
Símias de Tebas, algo mais do que melodias complexas?*
(MARTIN GARDNER, *The whys of a philosophical scrivener*)

*Da primeira vez que me servi de um fonoscópio, examinei um si bemol
de tamanho médio. Nunca deparei, posso garantir-vos, com uma coisa mais repugnante.
Até chamei o criado para ele ver.*
(ERIK SATIE, *Memória de um amnésico*)

Abertura

De todas as operações conhecidas da CIA, a agência de informação norte-americana, entre as ridículas e as tenebrosas, há uma que se destaca, pelo facto inusitado de a arma usada ter sido a música, mais concretamente o *jazz*. Trata-se de um programa criado em 1968, depois do falhanço da Baía dos Porcos e da operação Northwoods. Esta última parece mais uma absurda teoria da conspiração do que um projeto factual: foi recusada por John F. Kennedy e tinha por objetivo organizar e levar a cabo, dentro das fronteiras americanas, diversos atos terroristas, entre sequestros, atentados bombistas, sabotagens, etc., atribuindo as culpas a Cuba e justificando assim uma possível invasão do país caribenho; estes documentos foram tornados públicos em 1997. A par disto, já no final dos anos 60, a CIA criou o programa Jazz Ambassadors, com o qual se pretendia, através da música, melhorar a percepção internacional dos Estados Unidos da América, à época especialmente negativa. Em plena

Guerra Fria, organizaram-se diversos concertos do outro lado da Cortina de Ferro, com vários talentos do *jazz*, incluindo Satchmo (Louis Armstrong), Benny Goodman, Dizzy Gillespie e Duke Ellington, entre outros. Os músicos negros eram os eleitos para mostrar ao mundo que, afinal, os Americanos não eram racistas. Genuinamente, acreditavam poder, com este programa, vencer a Guerra Fria, ao evangelizarem uma juventude de Leste que ouvia música erudita mas tinha pouco contacto com outros géneros musicais, especialmente o *jazz*.

Este facto parece-me uma das ideias mais fantásticas da Humanidade: pretender conquistar o mundo através da música, em vez de, por exemplo, fazer explodir Hiroxima ou invadir o Iraque. A música tem um enorme poder transformador, quase imediato. É uma das poucas artes, senão a única, capaz de nos fazer mexer o corpo, de nos pôr a dançar, de provocar a catarse ou o êxtase. E não tem sequer de ser música de qualidade para o conseguir. Uma pintura de Van Gogh não nos põe a dançar, mas uma canção, por pior que seja, é bem capaz de o fazer. O programa americano pode ter falhado — o Muro só viria a cair muitos anos depois —, mas a esperança que esteve na sua base, ainda que utópica, não deixa de ser maravilhosa: a possibilidade de uma guerra poder terminar num baile em vez da explosão de uma bomba de hidrogénio.

Ao decidir contar a história de Erik Gould, não poderia deixar passar a influência que os *blues* tiveram na sua vida e como isso alterou a sua maneira de ver o mundo. A realidade é apenas uma fantasia exageradamente bem penteada, disse o escritor sérvio Goran Petrovic. O que me agrada particularmente nos *blues* é precisamente a recusa em pentear a realidade, o facto de não olhar para a vida como o Cândido de Voltaire, como se este mundo fosse o melhor dos mundos possíveis. Nos *blues* há uma denúncia constante da opressão, da injustiça, do racismo, da miséria. Ao ler sobre a vida de alguns *bluesmen*, apercebemo-nos de que a música reflete o meio em que cresceram, como foram educados, como lutaram contra a pobreza, como lhe sucumbiram, como se entregaram ao vício, à violência, como se purgaram, como foram pisados ou como venceram. A realidade de muitos deles não vinha penteada de nascença, basta lembrar alguns nomes conhecidos: Blind Lemon Jefferson, Blind Willie McTell, Blind Blake, Blind Joe Reynolds, Blind Willie Johnson, Blind Boy Fuller, Blind Reverend Gary Davis. Hound Dog Taylor nasceu com seis dedos em cada mão. Tentou, a certa altura, cortar os que estavam a mais e quase morreu. Albert King aprendeu a tocar com uma guitarra feita com uma caixa de charutos. Haveria mais tarde de cantar estes versos: "Born under a bad sign, been down since I began to crawl / If it wasn't for bad luck / I wouldn't have no luck at all". Screaming Jay Hawkins queria ser cantor lírico: acabou como pugilista (além de, evidentemente, *bluesman*). Howlin' Wolf (Chester Burnett) foi expulso de casa aos treze anos, pela própria mãe, por um motivo tão banal no mundo dos *blues* que me custa escrevê-lo: por tocar a música do Diabo. Muitos acabaram presos, alguns por homicídio, como, por exemplo, Son House (Eddie James House, Jr.), Lead Belly ou R. L. Burnside. Uns fizeram pactos com o Diabo, como Robert Johnson, outros cantavam na Igreja Batista. Ou ambas as coisas. Os versos "Pedi-lhe água / Ela trouxe-me gasolina", se dirigidos à realidade, dão um retrato loquaz das suas vidas. Poderiam ter cantado coisas alegres, mas felizmente preferiram a fidelidade ao que sentiam. Não pintaram os lábios da realidade (fosse esta interior ou exterior) nem lhe deram banho nem a levaram ao cabeleireiro: exibiram-na na sua crueza, nudez e pobreza, e fizeram muito bem, porque só assim se consegue mudar alguma coisa. Son House terá sido um dos músicos que mais impressionaram Erik Gould. Esse *bluesman* batia na guitarra ao mesmo tempo que tocava (Bob Brozman haveria de fazer o mesmo com outra mestria, muito tempo depois). A experiência de tocar e simultaneamente bater na caixa do instrumento parece uma tentativa de extrair da guitarra, à força, uma canção. Na verdade, é uma conjunção feliz em que se acrescenta percussão e ritmo à melodia. A música, como Gould terá dito, exige pulsação, exige um coração a bater.

Erik Gould deu o seu primeiro concerto a solo no bar de Manhattan onde, em 1939, Eleanora Fagan, conhecida por Billie Holiday (com uma gardénia no cabelo, vinte e três anos), cantara sobre pretos linchados e pendurados em árvores. Na altura, o racismo americano fazia que os pomares frutificassem cadáveres. (*Strange fruit* era uma canção tão boa que Nina Simone, completamente fascinada, afirmou: "Nunca ouvi nada tão desagradável". E a seguir teve de ir à casa de banho, tinha os intestinos às voltas, a alma a pingar. Há canções que fazem bater palmas, não são más; mas depois há outras, as que silenciam a plateia ou que fazem uma revolução no corpo ou que dão um coice na boca do estômago.)

Billie Holiday fazia às músicas o mesmo que Gould. Acariciava-as com a voz, deitava-as e fazia amor com elas. E talvez tenha sido nessa altura que Gould aprendeu a beijar o que tocava no piano, a usar os dedos como objetos sensuais e, ao pousá-los nas teclas, acariciar a melodia juntamente com o ébano e o marfim. Foi também com Billie Holiday que Gould aprendeu a tocar "I committed crime Lord I needed", não só como quem faz sexo mas também como quem espeta uma faca, "Crime of being hungry and poor". Ou as duas coisas ao mesmo tempo: "I left the grocery store man bleedin'".

Estamos demasiado familiarizados com esta ideia de dor e felicidade que, perversamente, se misturam e se engendram, mas também é verdade que tendemos a separar as duas como se tivessem existências autónomas. Este matrimónio aflitivo entre duas experiências superficialmente antagónicas, mas que formam um tecido comum, é uma espécie de ironia subjacente ao universo. Junqueiro chamou à dor o "substrato último da Natureza, o fundo irredutível do

Universo", acrescentando-lhe, claro, a possibilidade de ser transformada em algo mais luminoso: "Não há beleza esplendente que não fosse dor caliginosa. A flor é a dor da raiz, a luz, a dor das estrelas". Acrescentou: "Homens de gosto colecionam quadros ou estátuas. O meu amigo coleciona dor. Não em galerias ou museus, como quem se dedica ao estudo biológico das várias formas de sofrer. Quando uma chaga aterradora o surpreende, não a envasilha num frasco, guarda-a no coração. Conta-lhe os ais, não os micróbios. Em vez de a analisar, decompondo-a, analisa-a beijando-a. No seu laboratório químico existe apenas um reagente que dissolve tudo: lágrimas". Cabe-nos, ao aceitar as regras deste jogo, uma espécie de exercício de mineração, trabalhar afanosamente e sem tréguas na extração de virtudes de dentro de matéria vil. Orígenes vislumbrou, na sua apocatástase, um final feliz para o Universo, resultante deste trabalho redentor, um final glorioso em que o próprio Diabo seria perdoado, fazendo culminar o preceito bíblico "amar o inimigo". Com música, em vez de explosões e danações. Um eterno baile.

ERIK GOULD, *PARIS, 1964*

—

No dia em que percebeu que ela se tinha ido embora, Erik Gould abriu a porta da rua, lentamente, e saiu para o jardim. Ficou parado em frente aos canteiros de flores. Tirou o cinto, despiu as calças de fazenda, depois a camisola de lã com imagens de gazelas a saltar, depois a camisola interior de alças, depois as meias pretas. Ficou nu no meio das flores. Debruçou-se e rasgou as mãos no canteiro das rosas. Abraçou-as, acariciou-as, até sangrar das mãos, dos braços, do peito, dos lábios, do sexo, da cara, até não poder mais com a dor espetada na carne. O perfume das flores misturava-se com o sangue e preenchia o ar de céu e terra, de sonho e pesadelo, de nuvens e raízes, de circunferências e retas.

Voltou para casa e regou o corpo com álcool enquanto gritava. Deitou-se de seguida e dormiu mais de dezoito horas. Acordou com dores no corpo todo, e o corpo todo inclui lugares distantes: o café Sonora, no México, onde beberam *tequilla* e ouviram *ranche-*

ras, o som do sapato dela a cair na alcatifa do Hotel Liberdade, tão, tão subtil, e a chuva que por vezes lhe magoava o penteado e o recriava num cabelo sem estar vestido, enfim, dores no corpo todo, a espremerem-lhe a carne como se faz sumo. As feridas causadas pelos espinhos das rosas acabaram por cicatrizar passada uma semana, até que desapareceram. Erik Gould não pensava noutra coisa que não fosse a sua mulher, e assim continuou, sempre, como se as feridas das rosas afinal não desaparecessem. As feridas daquelas rosas duravam para sempre, eram cicatrizes de aguentar no corpo, de preservar, de se manterem por lá, mesmo depois de, à superfície, já não haver vestígios da sua atividade. Eram rosas nucleares que atacavam a profundidade e coagulavam bem fundo, em colónias, em sociedades estratificadas. As unhas dos pés de Erik Gould apodreceram, a sua imaginação caiu como as maçãs demasiado maduras, as notas do piano soavam-lhe a bolor, batia nas teclas em vez de tocar. Sentava-se ao piano, contudo, e pensava que seria possível tocar como os encantadores de serpentes, fazer que a sua mulher voltasse. Por vezes, tocava mais de um dia sem parar. À noite, na cama, os sonhos de Gould eram uma forma de Natasha se deitar dentro da sua cabeça. Não pensava em mais nada senão em Natasha.

Os meses sucediam-se, eram feridas de cerca de trinta dias, mas a esperança não esmorecia. Gould apagava cigarros no braço e sentia que essa dor era uma espécie de alegria. Quando saía, mesmo que a ausência não durasse mais de alguns minutos, segundos, séculos, telefonava para casa. Parava em todo o lado onde houvesse um telefone e marcava o número da sua própria casa. Ouvia o sinal de chamada e desligava quando ninguém atendia. Acreditava que Natasha pudesse voltar quando ele não estivesse em casa para a receber e a beijar dos pés até ao coração.

―

Erik Gould sentou-se num cadeirão, acendeu um cigarro, com uma lassidão aparente, quando, na verdade, debaixo da pele, uma ansiedade turbulenta e negra corria como sangue. O cadeirão era confortável, apanhava-lhe as costas como uma mãe, o forro tinha flores. Junto ao cadeirão havia uma janela e junto à janela havia duas nuvens e um pôr do sol. Ouviu bater à porta e levantou-se para a abrir. A sua cabeça repetia o nome de Natasha (Natasha, Natasha, Natasha, Natasha). Acontecia desse modo pavloviano: cada vez que alguém batia à porta, ele acreditava ser a mulher a voltar para casa (Natasha, Natasha, Natasha, Natasha). O coração disparava. Passava as mãos nos cabelos para se pentear. Cheirava as axilas. Abriu a porta com as mãos a tremer, mas era apenas um amigo seu, Isaac Dresner. Cumprimentaram-se.

Em cima do piano, havia sempre uma garrafa de *brandy*. Gould serviu Isaac Dresner, que coxeou até ao sofá e encostou a bengala às pernas.

— Gosto do caroço — disse o pianista.
— Caroço?
— Quando se bebe um golo de aguardente, custa a passar na garganta. É o caroço do *brandy*.

Isaac Dresner olhou para as paredes da sala. Estavam cobertas de fotografias de Natasha Zimina. Em cima do piano, perigosamente próxima da garrafa de *brandy*, encontrava-se uma moldura com a fotografia do filho de ambos. O rapaz tinha um ar solene, com a farda do colégio. Muito direito, como numa parada.

— Encontrei ontem o teu contrabaixista — disse Isaac Dresner. — Diz que passaste o dia todo com ele, a andar pela cidade.

— Ele queria comprar um contrabaixo novo.

— E foi assim tão difícil encontrar uma loja de instrumentos musicais?

— Ele queria comprar um contrabaixo da cor do *cocker spaniel* da tia. Tinha de ser exatamente da cor que ele recordava, do mesmo tom.

— E conseguiram encontrar um contrabaixo fiel às cores do pelo do cão?

— Não foi fácil. Entrámos em mais de dez lojas.

Isaac Dresner bebeu um gole de *brandy* e acendeu um cigarro.

— Sinto-me metade de um homem — disse Gould. — Deus roubou-me as unhas e é como se me faltassem alguns órgãos e os pensamentos e os sonhos. Sinto-me um pianista que toca só com uma mão, percebes? Há metades que funcionam, por exemplo, as meias doses nos restaurantes. Mas há outras metades que são o maior desastre, como um cirurgião que interrompe a operação a meio. E eu, sem a Natasha.

— Não fazes ideia de onde ela possa estar?

— Não sei de nada desde que me disseram que voltou para a União Soviética. Quando penso nisso, percebo que a conhecia muito mal. Não sabia quem ela era. Talvez seja por isso que as pessoas precisam de Deus: precisam de algo impossível de definir.

— O tempo fará com que a esqueças.

— Gostava da maneira como ela me olhava, sentia uma borboleta a pousar-me nos olhos. Às vezes até tinha vómitos. Era muito bom.

— O tempo fará com que...

— O tempo tem passado, Isaac, tem passado, não faz mais nada, simplesmente passa. E eu continuo a ser metade de mim mesmo. Até chego a rezar. Quero dizer, não sei rezar, sou infinitamente ateu, mas toco piano como se rezasse.

— Sabes, Erik, Deus não deve perceber nada de música. Acho até que é um pouco surdo. Pedi-lhe uma vez que Ben M. morresse e soube, há dias, que morreu Ren N.

— Deus é o único infinito que não me interessa.

— Por acaso, pergunto-me como será a sua voz.

— E chegaste a alguma conclusão?

— Cheguei. É elementar: se Deus falasse, teria a voz do Johnny Cash.

— Teria voz de cantor *country*?

— É melhor do que a bíblica voz de trovões.

Gould riu-se. Um pombo pousou na janela. Isaac Dresner apontou para o pombo e disse:

— Eu, em pequeno, abria ao meio os pássaros que apanhava. Cortava-os todos com um canivete. Queria tentar perceber como conseguiam voar. Um dia, encontrei um anel.

— Um anel?

— Um dos pássaros tinha engolido um.

Isaac Dresner estendeu a mão esquerda e mostrou um anel de prata no mindinho.

— Ando sempre com ele. Comecei por usá-lo no dedo médio, mas fui crescendo e engordando, e ele foi migrando para dedos menos obesos.

A noite prolongou-se e Dresner saiu a cambalear. Gould despediu-se, fechou a porta e foi deitar-se.

Olhou para o quarto onde o filho, Tristan, dormia. Ou fingia que dormia.

Quando o pai saiu do quarto, Tristan abriu os olhos. Do outro lado da janela, viu o rosto de uma mulher velha iluminada pela luz do candeeiro da rua. Quando os olhares se cruzaram, ela escondeu-se rapidamente, num estranho movimento, quase mágico.

No dia seguinte, de manhã, Isaac Dresner subiu as escadas para o primeiro andar do edifício do *septième arrondissement*, onde ficava a sua livraria Humilhados e Ofendidos, bem como os armazéns e o escritório da sua pequena editora Eurídice! Eurídice! Dresner tinha a garganta seca, a cabeça a latejar de dor e a ambição de beber dois litros de água. O caroço do *brandy* parecia ter germinado e era agora uma árvore adulta que estendia os ramos dentro do seu corpo, sim, era isso, uma bétula que lhe nascera durante a noite dentro da barriga, ou simplesmente uma ressaca. Um homem alto, de boca aberta a fazer um "o", seguia-o. Isaac Dresner pediu-lhe que segurasse a sua bengala para que pudesse tirar as chaves do bolso direito do casaco e abrir a porta. Bonifaz Vogel fê-lo com solenidade, como se desse ato dependesse a solidez do mundo, apesar de ser algo que repetia todos os dias, mecanicamente, rotineiramente, um procedimento quotidiano, um conforto. Vogel era um homem simples, com reticências cranianas, para quem a vida era deslumbrante e ao mesmo tempo evidente. Entraram. Bonifaz Vogel sentou-se numa cadeira colocada debaixo de um quadro de Bruegel, *O triunfo da morte*, cuja legenda dizia: "Dresden, 1945". Da janela da livraria via-se o céu de Paris, consternado, acinzentado, melancólico, além do prédio em frente, que fora um lupanar para soldados nazis durante a guerra.

Isaac Dresner acendeu um cigarro e o sino da livraria tocou, sinal de que alguém entrara. Omerovic deu quatro passos até ao balcão, cumprimentou Isaac Dresner e Bonifaz Vogel, que mantinha a boca num "o", remexeu as contas que levava na mão, um *tashbi* turco com pedras negras, e encostou-se a uma prateleira. Omerovic era livreiro, partilhava da mesma paixão de Isaac Dresner por livros raros, sobretudo por autores esquecidos, desprezados, apagados, corrompidos, ultrapassados, vencidos.

— E a Eurídice! Eurídice!, a sua editora? — perguntou ele.

— Que é que tem?

— Continua a dar prejuízo?

— Sim, continua. É o objetivo.

— Percebi que tem agora um escritor que vende bastante.

— Sim, é um caso que me deixa um pouco incomodado, não por vender, uma pessoa acostuma-se a tudo, até ao sucesso.

— Porquê?

— Porquê o quê?

— Porque é que se sente incomodado?

— Porque não sei quem é. Completamente anónimo, nunca o vi.
— E isso incomoda-o porquê?
— Não sei, sempre lidei com escritores desconhecidos, escritores esquecidos, escritores desprezados, mas este tem qualquer coisa diferente.
— Diferente como?
— Diferente. Há qualquer coisa de sinistro em tudo isto, e os textos que me envia parecem ser mais do que verdade. Sei que isso é uma característica da ficção, mas estes textos têm alguma coisa ulterior, uma espécie de carne que vem com as palavras, como se elas tivessem sido espremidas de um corpo em sofrimento, não consigo explicar. Uma verdade que está incluída na própria ficção.

Omerovic fungou, passou a mão pela cara.

— É curiosa essa sua obsessão com a morte, com o passado, com tudo o que se perde, com tudo o que se vai. Esses museus... o senhor parece a mulher de Lot a olhar para Sodoma, a transformar-se numa estátua de lágrimas.
— De sal.
— De sal, de lágrimas, vai dar ao mesmo. Senhor Dresner, porque vive nessa luta insana contra o tempo?
— Eu não vivo contra o tempo.
— Permita-me discordar, que já vi muita coisa neste mundo, o senhor passa o tempo a tentar que as coisas não morram, que o tempo não as mate. Gasta o tempo a tentar recuperar tempo. Não lhe parece uma contradição imensa?

— A morte não tem nada a ver com o tempo. E o senhor não faz o mesmo? O que faz um alfarrabista?
Omerovic riu.
— Tem toda a razão, somos ambos uns doentes crónicos que amam a sua doença. Os seus museus, no entanto, fascinam-me mais do que os autores obscuros que encontra e publica. Visitei um deles há poucos dias, impressionou-me muito.
— Sim? Que museu foi esse?
— Li sobre ele numa enciclopédia e decidi visitá-lo. É aquele sobre o sentido da vida, uma coisa pungente, em que se expõem objetos recolhidos por crianças com doenças crónicas.
Omerovic remexia as contas do *tashbi* com nervosismo, parecia descontrolado.
— O museu da arca de cartão? — perguntou Isaac Dresner.
— Esse mesmo. Congratulo-o. É uma experiência capaz de mudar uma vida.
— Era o objetivo. Desafiar uma criança que sabe que vai morrer a escolher os objetos que representem os momentos mais importantes da sua vida, mas com o limite da caixa de cartão, de uma caixa de sapatos. Ela deve colocar ali aquilo que mais lhe importa e que simbolicamente define a sua vida, memórias, fotografias, chaves, brinquedos, bilhetes para o circo, óculos, roupas, cartas, alfinetes, enfim, qualquer coisa serve, desde que signifique algo que mereça, na cabeça dessa criança, ser salvo.
— Chorei. Mudando de assunto, tem lido as notícias?

— Evito.
— Anda um *serial killer* a monte, já fez uma série de vítimas, pelo que se sabe. Rapta pessoas, qualquer uma, não há padrão, submete-as a uma tortura infinita, segundo os médicos-legistas, e depois abandona os corpos no lixo, nas sarjetas, nos esgotos. Parece que as submete a meses de sofrimento.
— Nunca ouvi falar.
— Não se fala de outra coisa. Não lhe mete medo?
— Nem um pouco. Sobrevivi a quatro mil toneladas de bombas atiradas contra Dresden, sobrevivi ao Holocausto, sobrevivi ao capital e aos programas de televisão. Sobrevivi. Ou seja, tenho vindo à tona, como uma baleia. Mas a maldade, de alguma maneira aberrante e perversa, é uma espécie de estrume. E a vida, por mais incompreensível que seja na sua génese e no seu cumprimento, nasce disso, da terra, do barro, da lama, da merda, se me permite a expressão, faz-nos medrar, e eu, envergonhado, contido, penso que é a maldade a terra mais fértil para a bondade e que o contacto com o fel faz nascer a coisa mais doce. Acho que todos mudamos em contacto com o mal. É o motor. Sei que é horrível, mas o que fazer? Todos os dias rezo para que o mal não deixe de aparecer na minha vida, ao mesmo tempo que o abomino. Adonai, afastai de mim todo o mal, Adonai, aproximai de mim todo o mal. Quando deixar de o fazer, de sentir a corrupção, quando não detectar o mal à minha volta, mais vale estar morto.

Omerovic abriu um livro, folheou-o.
— Não imagina as vezes que já ouvi argumentos desses. Não me interessam.

— O que é que lhe interessa?
— Depende. Evito a dor, como a maior parte das pessoas. Tenho alguma dificuldade em compreender quem a defende como uma coisa boa. A maldade é má, ponto final, se disser que é boa, é bondade, não é maldade. Mas não quero discutir isso consigo. O que tem feito ultimamente?
— Tenho procurado um evangelho perdido. Estou a tentar recuperá-lo. É muito importante que o faça, tenho muito pouco tempo para isso. É um texto que está em risco de desaparecer para sempre se eu não for rápido, se não agir rápido.
— Precisa de ajuda?
— Talvez. Para já, estou a conseguir recuperar uma parte. Se precisar de ajuda, chamo-o.
— Sim, recuperamos o mundo todo, é isso que fazemos. Olhar para trás. O nosso trabalho é transformarmo-nos em estátuas de lágrimas.
— Sal.
— É o mesmo.

—

Bonifaz Vogel vogava em casa dos Dresner, com a boca aberta em "o", como um fantasma. Por vezes, parava junto a Isaac ou a Tsilia e dizia um disparate qualquer, de uma ingenuidade profunda e que emergia das suas reticências cranianas, uma qualquer bizarria, uma frase difusa, torta, deficiente. As respostas de Dresner acentuavam violentamente o carácter obtuso da comunicação.

— Onde são feitos os ossos das mãos? — perguntou Vogel a olhar para o teto, parado no meio da sala.

Isaac respondeu que eram importados.

— Importados de onde?

— Porque é que lhe respondes assim? — perguntou Tsilia, sabendo, contudo, que era sempre assim que Isaac falava com Vogel.

— Importados dos gestos que nos foram destinados e que temos de cumprir ao longo da vida.

— Estou a falar contigo, Isaac.

— Gestos? — perguntou Vogel.

— Sim, os gestos entram dentro do ventre das mulheres púberes e esperam o momento de se poderem ossificar.
— Não tens um livro para ler, Isaac, um qualquer exercício de guematria para fazer?
— Para onde vão os ossos das mãos?
— Vão para o cemitério dar flores, senhor Vogel. Como quase tudo neste planeta.
Vogel tinha uma relação profunda com Isaac Dresner, conheceram-se em Dresden e viveram a dor das chamas, dos corpos calcinados, dos pássaros calados, das catedrais interrompidas pelo fogo, das casas que suspiraram cinzas. Isaac Dresner era a sua alma, Vogel não tinha mais que um corpo portador de um cérebro com reticências cranianas.
— Temos de sair — disse Isaac Dresner.
— Aonde vamos? — perguntou Vogel.
Tinha-se esquecido, apesar de terem falado sobre isso toda a manhã, de que iria passar uns tempos em casa de uma prima em Berlim.
Na Gare du Nord, Dresner abraçou-o, enquanto se despedia fê-lo prometer que se agasalhava, fez todas as recomendações que um pai faria, ainda que o outro tivesse mais trinta anos do que ele. Sentiu uma dor entrar-lhe no peito, como se fosse um enfarte, mas era apenas o prenúncio de uma solidão que todas as despedidas carregam consigo e despejam em peitos vulneráveis. Bonifaz Vogel, quase como um defeito ósseo, mantinha a boca aberta a fazer um "o" e uma postura, tanto física quanto psicológica, absolutamente impoluta. No meio da multidão, um homem de chapéu

cinzento observava-os. Tirou um bloco da gabardina preta e tomou notas. O olhar dele cruzou-se com o de Isaac Dresner, um instante que se perdeu no meio da multidão e deixou um arrepio na pele do próprio ar, que trazia em si a obrigação de desviar o olhar.

Isaac Dresner ficou de repente profundamente angustiado com a ausência de Bonifaz Vogel na sua vida. Nunca se tinham separado desde 1945, quando quatro mil toneladas de bombas caíram em Dresden. Mais de vinte anos depois, ainda mantinham uma relação prístina, intocada: apesar da intimidade, continuava a tratá-lo por senhor, continuava a admirá-lo como uma peça especial do Universo, que, sem ela, colapsaria. Era ele, Bonifaz Vogel, com a boca aberta, que mantinha a perplexidade. Sem ela, o Universo deixaria de existir. Vogel era o profeta da perplexidade.

Dresner sentou-se na Brasserie Vivat, pousou a bengala no colo, ajeitou o anel da mão esquerda, de prata e resgatado do estômago de um pássaro, pediu um copo de vinho tinto de Borgonha, acendeu um cigarro. Uma mulher anafada aproximou-se, vestia roupas gastas e tinha os lábios demasiado pintados, sorriu para Isaac Dresner, disse-lhe qualquer coisa que ele não percebeu imediatamente. Como? E ela repetiu o que tinha dito, *transit umbra*, e Dresner percebeu que ela falava latim. Nem todas as sombras passam, respondeu ele, nem todas. A mulher ajeitou o decote, passou a língua pelos lábios e sorriu.

— Tem um cigarro?

Dresner tirou a cigarreira decorada com um leão e abriu-a.

— Como se chama?

— *Mihi nomem est* qualquer coisa, chame-me qualquer coisa, doce, querida, amor, que importa isso? Acenda-me o cigarro, se faz favor. O que é que faz? Não me diga, deixe-me adivinhar, é médico? Não? Talvez arquiteto, conheci um especialmente *bonum*, tinha barba como o senhor, sim, diria que é arquiteto. Também não? Não me paga uma genebra?

— É inesperado que fale latim. Quero dizer...

— Pode falar à vontade, julga que me importo?

— O que queria dizer é...

— Que é inesperado que uma puta que dorme na rua fale uma língua morta e saiba de cor os discursos de Cícero e entenda o que o padre diz na missa.

Clementine arregaçou um pouco do vestido para cruzar as pernas. Ficou a abanar o pé com as mãos pousadas no joelho.

Isaac Dresner chamou o empregado.

— Uma genebra para esta senhora.

Clementine debruçou-se sobre a mesa e passou a mão pelos cabelos de Dresner.

— *Estis* triste, o que se passa?

— Uma pessoa próxima, de quem nunca me separo, vai estar ausente por uns tempos.

— Dê-me a sua mão.

Dresner estendeu o braço, ela virou-lhe a palma para cima.

— Vou ler-lhe as entranhas, como se fazia com os peixes. Mas, como não o posso abrir aqui no meio desta gente toda, nem trouxe a faca nem nada, vou somente passar os olhos pelas linhas da sua mão e dizer-lhe o que o futuro lhe reserva. Ainda não sei o que faz, mas gosta de livros, eu prefiro ouvir Bach, gostos não se discutem. Gostava muito de comprar um fagote. Quanto a isso dos livros, é porque as suas mãos cheiram a mofo e a rato, andaram a mexer em papel velho. Se quiser deitar-se comigo, faço um preço especial. Tem de se lavar antes do ato propriamente dito. Sabe como é, posso dormir na rua, mas sou asseada, lavo as virilhas e os sovacos todos os dias, o que é mais do que se pode dizer destas *madames* que para aí andam. Nem imagina o azar das doenças ao apanharem pessoas assim. Esteja quieto com a mão, que assim não consigo ler. Diz aqui, num parágrafo perto do anelar, que o senhor vai ter uma nova companhia em casa.

— Sim?
— Talvez um filho.
— Dificilmente.
— Um canário?
— Ouça, não me parece que...
— Espere, espere, acho que é um velho, é isso, é um velho, talvez um príncipe distante e exótico, daqueles que se casam com aristocratas inglesas depois de as seduzirem com champanhe e uvas-passas e *brie* e passeios equestres. Não, espere, não é desses, este é um príncipe diferente, talvez um nobre de um estranho reino cheio de fantasmas, corcunda e infeliz. É o que diz na base do polegar. Sempre gostei de corcundas. E de gatos, adoro gatos, têm aquele olhar meio parado que parece que não sei quê. Não é que não goste de cães, mas os gatos miam e tudo. Ora bem, o príncipe

chega muito em breve, esteja atento aos movimentos da nobreza. Costuma ver televisão, ouvir rádio? Esteja a par das notícias, são muito deprimentes, mas informam-nos. Ainda bem que já se foi.
— Já se foi?
— Sim, o homem que estava ali a olhar para nós, a tentar ouvir a nossa conversa.
— Não reparei — disse Dresner enquanto empurrava, com o mindinho, os óculos para junto dos olhos.
— Tinha um chapéu cinzento. Tem a certeza de que não se quer deitar comigo? O Hotel Zagreb é já ali e os quartos são bons, sem ostentação, honestos, com bidé e lavatório. Se não fossem as declinações, hoje era mais magra, mais elegante, o latim é muito difícil, uma pessoa tem de se alimentar. *Garçon*, é mais uma genebra. Quer mais um copo de tinto? Afinal, é o senhor que está a pagar...
— Talvez possamos...
— A sua mão diz que sou uma mulher muito importante para si.
— Sou casado.
— Não sou ciumenta.
— Podemos mudar de assunto?
— Podemos, mas de futebol e de política não sei nada. Asseguro-lhe, no entanto, pois leio com intensa claridade, até estou ofuscada, que serei uma mulher muito importante na sua vida. Irá procurar-me ardentemente e no final fá-lo-ei feliz, é o que diz a sua mão.

Dresner recolheu o braço, incomodado.
— Sabe latim? — perguntou ela.
— Muito pouco, o suficiente para cometer erros.

— Que pena, isto podia ser um momento para a vida, para a sua vida. Imagine: podia dar-lhe um beijo, mas, como não sabe latim, não vai perceber nada do que lhe disser com a língua. É pena, porque isso seria uma experiência inolvidável.

Isaac Dresner levantou-se, pagou, despediu-se e coxeou até casa, sem desconfiar de que aquela leitura da sua mão fora uma descrição detalhada do seu futuro próximo.

Tristan achava que os pais eram eternos: envelheciam, mas não morriam nem desapareciam. Habituamo-nos todos a que estejam sempre presentes para nos tratarem de uma constipação, de uma ferida no joelho, dos dolorosos revezes passionais da adolescência, agarram-nos quando tropeçamos, estão sempre lá, e é inimaginável que deixem de estar; por isso, o túmulo de um pai ou o desaparecimento de uma mãe parecem uma aberrante incongruência no tecido do cosmos. É uma espécie de ofensa do destino cair e não ter um pai a segurar-nos.

Era sempre a mãe que o acordava para ir para a escola, e a Tristan pareceu-lhe grotesco quando o pai o fez pela primeira vez. Foi como um estranho nascimento, como se tivesse sido resgatado do sono para a vida por uma nova forma de parto, o seu nome dito por outra voz, uma caricatura da mãe, uma serpente a colear pelo quarto. Sentiu os lençóis ásperos como se tivessem envelhecido, o ar pesado a fazer força para

baixo, a luz que entrava pela janela a retorcer-se, os pulmões a reclamarem oxigénio.
Habituou-se.
Aos poucos.
Muito devagar.
Dia após dia.
— Tristan, horas de levantar.

Os cortinados brancos abanavam ao vento, as janelas abertas porque era Verão, a voz do pai a entrar nos seus sonhos, no sono, como um intruso, um ladrão, uma presença furtiva que, sem ser uma ameaça, não o acordava somente, lembrava-o também de que a mãe desaparecera. Que os abandonara.

Agora, já estava acostumado, habituamo-nos a tudo, e a voz do pai já não lhe parecia tão intrusiva.

—

A pergunta repetia-se a cada pequeno-almoço. Erik Gould queria ouvir falar de Natasha, queria começar o dia com ela, queria sofrer um pouco mais.

— Sonhaste com ela?
— Sim.

Tristan dizia sempre que sim.

Por vezes, à noite, Gould tentava ouvir os sonhos do filho ou impor-lhos de forma subliminar. Queria que estes sonhos lhe trouxessem, como por magia, outras perspectivas de Natasha, acreditava que a ligação entre mãe e filho não poderia ser quebrada pela distância e pensava que Tristan, ainda que inconscientemente, poderia vê-la de outras maneiras, talvez mais próximas da verdade. Por isso, depois de Tristan ir dormir, Gould entrava no quarto em bicos de pés, debruçava-se sobre o sono dele e falava-lhe ao ouvido, esperando por uma resposta, por um sinal. Tristan fingia que dormia.

E de manhã, todos os dias, o pai perguntava-lhe:
— Sonhaste com ela?

— Sim.

A partir desse momento, tinha de inventar, dizia que vira, nos seus sonhos, o olhar da mãe numa parede de Fez ou o fumo do cigarro dela no vento de Minsk ou uma madeixa de cabelo ruivo caída numa travessa de Medellín. Antes de dormir, olhava para o livro de Geografia e traçava um itinerário para a sua imaginação, um caminho por onde a mãe teria passado e deixado um resto do seu perfume ou o bocado de uma palavra ou um olhar numa parede. Recolhia o nome de cidades escuras, antigas, luminosas, afastadas, desfocadas, vizinhas, simultâneas, correlatas, benfazejas, bonitas, tépidas, exóticas, apenas fechando os olhos e apontando para um lugar qualquer do planisfério contido no livro. Depois abria os olhos, concentrava-se nas fotografias do atlas correspondentes ao território escolhido pela ponta do dedo (as fotografias ficavam sempre com a marca da unha do indicador, porque Tristan, ansioso e triste, deixava que alguma violência lhe saísse pelo dedo ao pressionar o lugar onde estaria a mãe), observava as roupas tradicionais, os rostos, lia sobre demografia, um pouco de História, voltava a fechar os olhos e punha a mãe a caminhar por desertos, vielas, praias.

Mas não sonhava com nada do que queria, e de manhã mentia, com pena do pai e da dor que o acompanhava e o perfurava, um sofrimento atroz que, segundo Tristan (sofria de sinestesia e via coisas que não existiam), tinha a forma precisa de um coelho branco que morria repetidas vezes e só se reerguia, dolente, para morrer de novo e de novo e de novo.

— Onde estava ela?
— No mar.
Naquela manhã não lhe apeteciam frases compridas, foi só isso, mar, que é uma das palavras mais profundas e o lugar onde o dedo se espetara, uma marca de unha de indicador no meio da água.
— Mar?
— Sim, mar.
— Como o do Norte?
— Como esse.
— Escuro?
— Escuro. Ou, se quiseres, lôbrego.
— Lôbrego?
— Li no *Dicionário de sinónimos, poético e de epítetos*.
— Esse dicionário era da tua mãe.
— Era.
Quando o papá olha para mim, tenho medo de cair, pensava Tristan.
— Porque estás tão sério?
Se as suas emoções pudessem traduzir-se em palavras, seriam assim: Por causa da nota que tocas na cabeça, por causa das paredes que tens nos olhos, por causa das cicatrizes todas na tua pele, das rosas e da tristeza, por causa do coelho branco que está sempre a morrer, por causa do frio que sinto ao chegar a quatro centímetros da tua presença, por causa das traças que voam à nossa volta, por causa dos sonhos que ainda não cumpri e porque me sinto sozinho como se estivesse pendurado no meio do Universo, preso a uma estrela muito distante, tão distante que não se pode ver a olho nu, nem nenhum astronauta lá chega, nem os

olhos dos telescópios. Mas Tristan não saberia verbalizar assim as suas emoções, portanto:
— Porque ainda não fiz os trabalhos de casa.
— E de que estás à espera?

Se Tristan soubesse verbalizar as suas emoções, seria assim: Estou à espera de que a felicidade comece a crescer como os bebés no útero das mães e que um dia nasça e chore e queira mamar e nós eduquemos a felicidade e a levemos à escola para que saiba ler as letras das nossas veias e fazer contas de multiplicar com a nossa saliva, estou à espera de um beijo daqueles que são dirigidos somente a uma pessoa, e não daqueles que se dão a pensar em alguém que está longe, estou à espera de que o dia chegue ao fim e que não comece outro, porque os dias são uma chatice. Mas Tristan não saberia verbalizar as suas emoções, portanto:
— Ia comer primeiro.

Relatório Gould

— Bom dia, Sir — disse o homem do chapéu cinzento.
— Bom dia.
— Começo pelo princípio?
— Não, comece pelo que lhe faz mais sentido. A minha memória não funciona do princípio para o fim, mas sim a partir do que é importante, do que faz verdadeiramente uma história. Raramente a cronologia faz isso. Comece pelo que achar conveniente e pertinente.
— Muito bem, Sir.
O homem sem chapéu acendeu um charuto. O outro sentiu o fumo preencher o escritório, a envolver-lhe a roupa como quem dança tango.
— Sim... Gould. O que podemos dizer dele? Um idiota, um génio? Começou por tocar *blues*, mas é igualmente exímio em música erudita e em *jazz*, coisa rara, garanto-lhe, é como ser republicano e democrata ao mesmo tempo. Desenvolveu uma técnica muito especial de tocar piano, algo único na história da música, mas sobre isto falaremos depois, não é fácil de explicar.
— Muito bem. Conte-me mais.
— Gould teve muitos modelos, sempre foi uma pessoa permeável, que se entregava aos sons como se nadasse numa piscina. Ouvia, ouve, Memphis Slim, Morton, Mozart, Armstrong, Charlie Parker, Willie Dixon, Bach, Son House, Billie Holiday, etc.
— Billie Holiday? Conheço bem, porque o meu pai ouvia muitos discos dela. Uma pessoa muito correta.

— Começou por trabalhar em bordéis. Fumava erva e era viciada em heroína. Morreu de cirrose em 1959.
— Ah, afinal era apenas mais uma drogada.
— Gould não concorda consigo, Sir. Até disse, numa entrevista, que isso de morrer de excessos não é nada de especial. Quem anseia ser tudo confunde a sua ansiedade com o mundo inteiro e depois quer comê-lo todo, e isso só se faz com uma embriaguez absoluta. Eu também sou assim, disse ele, a minha droga é mais humana e, ao mesmo tempo, perfeitamente desumana, tem nome de mulher, é uma mulher. É com esta droga, Sir, que devemos trabalhar.
— Com uma mulher?
— Sim, Gould era um amante extraordinário. O primeiro caso amoroso, chamemos-lhe assim, de Gould era do Iémen, tinha olhos negros e pele da cor das tâmaras. O registo não engana, Sir, era uma mulher esplêndida, muito alta, esguia, elegante. A primeira vez que Gould a viu foi num jogo de futebol, creio que a beleza dela apagou a história do jogo, ninguém sabe o que aconteceu em campo, Sir, nenhuma testemunha foi capaz de dizer quem ganhou, quem perdeu, não tiraram os olhos dela.

O homem do chapéu cinzento endireitou-se e aclarou a voz antes de continuar. A luz que passava pelas persianas decorava-lhe a pele e a roupa com um padrão riscado de sombra. Por vezes, tinha de semicerrar os olhos quando estes se encontra-

vam com a luz, outras vezes, relaxava-os quando estes se encontravam com a sombra.
— Gould era tímido, mas, na noite do tal jogo, fez algo arrojado. Estava três lugares ao lado da iemenita e começou a tocar como se tivesse um piano à frente, tocou com todo o sentimento. Os cabelos esvoaçavam, os homens olhavam para ela, ela olhava para Gould pelo canto do olho. Por fim, ele parou de tocar aquela composição silenciosa, levantou-se e disse, meio a gaguejar: "Tenho a certeza de que a música que imaginou ouvir era mais bonita do que aquela que efetivamente toquei". Ela respondeu, disso todos se lembram, Sir, de um modo muito simples: "Terá de a tocar, agora com um piano a sério, para podermos ter a certeza de qual a melhor". E saíram os dois do estádio, ela agarrada ao braço dele, até entrarem num bar com piano. Foram seguidos por vários homens que também deixaram o estádio. Ele tocou, ela ouviu com atenção e disse: "A minha imaginação toca piano melhor do que tu" (já o tratava por tu). Gould riu-se e, Sir, terá respondido: "Vais ter de me mostrar aquilo que imaginaste para ter a certeza de qual a melhor" (já a tratava por tu).
— Ele não era nada tímido.
— Extremamente tímido, Sir.
— Não parece o comportamento de um timorato.
— Foi assim que se passou, Sir, todos os homens que os seguiram contam a mesma coisa, palavra por palavra.

— Acredito. Mas tem a certeza de que era tímido?
— Certeza absoluta. Despiram-se, Erik Gould e a iemenita, num quarto da Pensão Polónia, Sir, ela com a sua beleza espantosa, e ele com a sua inexperiência. Ele terá dito, mais tarde, a um amigo, que procurou nela uma canção, mas não a encontrou. Vestiu-se e virou-lhe as costas sem se terem tocado. Não sei se ela disse alguma coisa nesse instante, mas os gritos que se ouviram na rua quando ela se debruçou na janela foram estes: "Paneleiro nojento! Vai levar no cu".
— Supus que a iemenita tivesse mais imaginação, mas os insultos foram vulgares.
— Concordo.
— Nunca mais se viram?
— Não, nunca mais se viram. O importante é perceber o modo como ele dramatiza o amor. Ou tudo ou nada. Pode pôr à sua frente a mais bela mulher do mundo, nua, que, se ele não encontrar nela uma canção, virará as costas.
— O mundo é cheio de gente estranha.
— Sem dúvida, Sir.
— E as outras mulheres de Gould? É uma lista longa, não se pode abreviar?
— Bom, tecnicamente, Gould teve apenas uma mulher.
— Como assim, tecnicamente?
— Só fez sexo com uma.
— Uma? Não me tinha dito que era um amante extraordinário?
— E reitero, Sir, um amante extraordinário. Sempre foi capaz de tocar piano e deixar as mulheres recor-

darem-se, depois de um concerto, de se terem envolvido em atos eróticos com ele, independentemente do género, da classe, da etnia, não sei se me faço entender...
— Eróticos como? Sem lhes tocar? Só através da música?
— Só através da música, Sir. Uma disse, e passo a citar, que tinha estado "com um amante excepcional, que pegou numa rosa e me despiu, que fez os dedos húmidos de saliva percorrerem as minhas coxas até que estas se abrissem, e depois tirou uma pétala da flor e, com a língua, depositou-a no meu sexo, com movimentos circulares, até a pétala da rosa desaparecer na carne, e depois tirou outra pétala e assim continuou, até desfazer uma flor inteira para dentro de mim e me ouvir gritar, numa impotência desmedida, o som com que o Universo foi criado. E, como se não bastasse, nesse instante, num passe de prestidigitação, mostrava uma rosa nos dedos, uma rosa inteira e incólume, como se a flor tivesse ressuscitado dentro da minha vulva e lhe tivesse florescido nas mãos, como se a felicidade desse flores. E então eu, assustada, encostava o nariz à rosa, fechava os olhos e deitava-me ao seu lado. Era um amante que sabia encontrar o amor no corpo, desenterrá-lo e fazê-lo aparecer na pele, era como se nos vestíssemos de amor, de prazer. Ele passava os dedos e, independentemente da velocidade, por vezes depressa, por vezes devagar, o prazer

surgia a uma velocidade ainda maior, era uma locomotiva desesperada. Não, não era isso, o prazer que ele me proporcionava era como quando mergulhamos no mar e vamos até ao fundo, atrás de um coral brilhante, e depois não temos fôlego para voltar, mas temos de assomar à superfície e esbracejamos até chegar ao ar, com a boca aberta, a resfolegar, até finalmente chegar ao ar".

— Meu Deus.
— Sim. Por incrível que pareça, este testemunho é de uma mulher que simplesmente ouviu um concerto de Gould.
— Não é possível.
— É o que tenho no relatório, Sir. Palavra por palavra.
— Não terá exagerado? Uma mulher ouve um tipo tocar piano e descreve o concerto assim? Aquilo é apenas música, notas umas a seguir às outras com um certo ritmo.
— Sim, é verdade, e no entanto.
— Muito bem. Continue.
— Apesar de termos testemunhos destes, de várias fontes e circunstâncias, este é muito especial por um motivo muito simples.
— Qual?
— É o testemunho da única mulher com quem Gould efetivamente teve sexo, aquela com quem haveria de se casar. Este foi o primeiro contacto entre os dois. Sir, antes de chegarmos a Natasha Zimina, que é o nome desta mulher, temos de passear por outros episódios relevantes da vida

deste músico. É importante que lhe conheça a obstinação. Não será fácil convencê-lo a trabalhar para nós.
— Deixe isso comigo.
— Deixo, mas garanto-lhe que terá de ser através do amor. Ele é sensível a essas coisas irrisórias, banais, coisas de livros para donas de casa infelizes, solitárias, mal-amadas, enfim, é um sentimentaloide à beira do abismo do mau gosto. Além disso, é de uma fidelidade absoluta. Por isso é tão importante que lhe tenha contado o caso da iemenita, bem como outros que haverei de expor e que o deixarão inapelavelmente surpreendido.
— Já vi de tudo.
— Mas vai ficar surpreendido.

—

A caminho de casa, de volta da escola, Tristan viu a velhota que na noite anterior espreitara pela janela do seu quarto, a pele seca como se fosse feita de corda ou de lenha, a observá-lo de uma esquina, e decidiu caminhar na sua direção. O vento soprava-lhe contra a cara, embrulhando-o como um cobertor, enquanto caminhava resoluto. Ao virar a esquina, não viu a mulher, olhou em todas as direções, apercebeu-se de um vulto que se escondia atrás dumas sebes, a mesma cara de corda ou de lenha. Atravessou a estrada a correr, bateu sem querer na mala de uma senhora que atravessava a rua, pediu desculpa, peço desculpa, ouviu-se uma sereia ao longe, caminhou até ao pequeno jardim. Não viu a velhota, pôs as mãos nos joelhos, dobrando as costas, recuperou o fôlego e endireitou-se, pôs as mãos nas ancas, olhou para trás, depois coçou a cabeça, voltou a olhar em todas as direções do espaço, para trás, para a frente, para os lados e, por muito improvável ou ridículo que fosse, para baixo e para cima (um melro levantou voo), insistiu com o olhar, virando a cabeça para um lado e para o outro. Ao fundo de uma ruela, viu o vulto da mulher, que aparecia inclinada, instigando a perseguição. Pensou Tristan: Se quer que vá atrás dela, porque não abranda e porque se esconde? Correu atrás da mulher. Um corvo pousou poucos metros à sua frente, crocitou, voltou a levantar voo. Tristan passou por baixo da sua sombra encolhendo o corpo, como se tivesse medo de, ao correr direito, bater com a cabeça no pássaro. Ao dobrar a esquina, mais uma vez não a viu, e, quando voltou a vê-la, estava tão distante como antes, como se tivesse também ela corrido a fugir dele. No entanto, quando a via, sempre que a via, o andar dela era trôpego, lento, hesitante e desmesuradamente frágil, cada passo parecia um copo a cair no chão e a partir-se, sim, era isso, tinha andar de copos a partirem-se, e por isso mesmo parecia impossível conseguir afastar-se dele e manter a distância com aquela eficácia. Ofegante e confuso, Tristan decidiu continuar. Cinco minutos depois, demasiado cansado, encostou-se ao tronco de um plátano e suspirou. Fechou os olhos. Quando voltou a abri-los, percebeu que não sabia onde estava.

—

Tristan deixou-se cair no chão e agarrou a cara como se chorasse.

Um homem de cartola, colete grená com padrão de losangos e sapatos de verniz aproximou-se dele.

Era o porteiro do Hotel Zagreb. Afastou ligeiramente as pernas e fletiu-as para se inclinar um pouco e ficar com a cara mais próxima da de Tristan. Tinha um tique no olho esquerdo que o fazia piscá-lo constantemente.

— Como te chamas?

Tristan olhou para ele e, de repente, desatou a correr, sem saber porquê, até não aguentar mais. Parou debaixo de um viaduto que abrigava dezenas de sem-abrigo. Estava cada vez mais perdido. Olhou para o céu cinzento e desejou estar em casa. Baixou-se, pôs-se de cócoras, de mãos nos ouvidos. Viu um homem que lhe aparecia repleto de animais selvagens nos gestos, uma doninha, uma serpente verde e delgada, a gritar com uma mulher enquanto a agarrava pelo braço.

Aproximou-se do homem lentamente, o mundo à sua volta era um remoinho de cores e sons, um quadro de Munch misturado com a trompete de Gillespie. Tristan exercia uma caminhada matemática, precisa, exata, mas o Universo dançava freneticamente, rodopiava, e então disse, muito calmo, apesar de hirto, a voz um ligeiro sussurro:

— Desaparece ou corto-te o pescoço.

Clementine disse-lhe:

— Não preciso da ajuda de uma criança.

A mão que segurava o braço da mulher afrouxou, uma águia voou dos seus dedos, o homem virou a cabeça na direção de Tristan e cerrou as sobrancelhas, ia gritar qualquer coisa, mas o silêncio dos olhos do rapaz fez-lhe frio, como se alguém tivesse encostado um cubo de gelo às suas costas e o tivesse feito circular pelo corpo, pelas axilas, pelas virilhas, pelos globos oculares. E, quando abriu a boca para qualquer violência, só lhe saiu um gemido, e quando os músculos do braço, os flexores profundos e superficiais, deveriam ter-se unido na exibição de um punho cerrado que anteciparia a concretização física da destruição da cara insolente do miúdo, na verdade o braço caiu como uma flor de dente-de-leão e foi encostar-se ao flanco gordo do homem. Com um gesto que poderia ser de enfado, de desistência ou de simples medo, afastou-se. Tristan inclinou a cabeça para o lado enquanto o observava.

— Não preciso da ajuda de uma criança — repetiu Clementine.

―

— Tens dinheiro? — perguntou Clementine.
— Tenho.
Tristan procurou nos bolsos o dinheiro que o pai lhe dava para lanchar.
— Vamos beber uma genebra.
— Não bebo isso.
— Preferes *fernet*?
Caminharam até ao outro lado da avenida. Clementine tinha alguma dificuldade em caminhar, era demasiado obesa, mas não dispensava gingar as ancas levantando o queixo como se percorresse uma passarela. Gritou com os carros em latim e em grego antigo, insultou-os com os punhos cerrados, braços levantados, a gordura da zona dos tríceps a abanar, e depois cuspiu para o chão, não por qualquer necessidade de expectorar, mas como uma afirmação: exigia que parassem para que passasse. Apontou para um café com o queixo e fez sinal com a cabeça. Reparou que Tristan andava como um velho e comentou isso

mesmo, pareces um velho, endireita-te, que idade tens? Setenta e quantos? Tristan ia dizer onze, mas ficou calado. Sentaram-se os dois na esplanada. Ao lado deles, um homem de chapéu cinzento lia o jornal, um homem que provocou em Tristan uma estranha sensação que ele não soube definir.

— Como te chamas? — perguntou Clementine.
— Tristan.
— Prazer. *Pax*. Clementine. O que estás a fazer neste bairro, Tristan? Não és daqui, tens roupas dali, percebe-se logo que és estrangeiro.
— Não sou estrangeiro.
— Não és daqui deste bairro, és estrangeiro.
— Perdi-me, andava atrás de uma velhota baixinha.

Tristan estendeu o braço para dar ideia da altura dela.

— Não vi — disse Clementine, como se a descrição da altura chegasse para tirar conclusões de alguma espécie. — Já te levo a casa. Em que bairro fica? Já me dizes.

Virou-se para o empregado:
— *Garçon*, uma genebra.

Ficaram calados, Clementine abanava as pernas, Tristan olhava para baixo, levantando por vezes os olhos e baixando-os de seguida, mal o seu olhar se cruzava com o dela.

O empregado trouxe a genebra.
— Não queres nada?
— Não — disse Tristan.

Clementine levou o copo à boca, de dentro do decote tirou um maço de cigarros, pegou num, bateu-

-o contra a mesa, riscou um fósforo e acendeu-o. Expulsou o fumo.

— Em pequena — disse Clementine —, comecei a aprender a tocar fagote. O meu pai era o milionário Varga, já ouviste falar? O do museu? Não sabes quem é?

Tristan abanou a cabeça.

— Era um velho nojento, obcecado com a morte e que se fazia acompanhar por um violinista cego que tocava tarantelas e mazurcas e polcas enquanto o cabrão fornicava com as suas setenta mulheres, uma legítima e outras amancebadas, como a minha mãe, e lhes fazia filhos atrás de filhos, era uma produção fabril, a lenha, a vapor, elétrica. Construiu uma casa muito grande e, nos fundos, vários apartamentos para meter as amantes, mais os filhos que lhes fazia, mais umas quantas preceptoras que também comia nos corredores e na cave e no jardim e nas casas de banho. Esse que foi meu pai imitou um tal de Santorio Santorio, cientista que tentou certa vez pesar a *anima*. O meu *pater* fez o mesmo, mas, enquanto Santorio Santorio não conseguiu pesar nada, *rien de rien*, o meu progenitor afirmava a pés juntos que a alma pesava o mesmo que uma borboleta. Imagina... Como te chamas? Tristan? Prazer, Clementine. Imagina, Tristan, o mesmo que uma borboleta. Mas o velho tratava-nos bem, dava-nos de comer, apalpava-nos, adormecia em cima de nós, mas só a partir dos treze anos, perguntava-nos sempre antes de se despir se já tínhamos pelos, porque não se lembrava de quem éramos e não queria deitar-se com crianças impúberes. Gostava de nos dar banho, não sei porquê, *pulchrae estis*,

dizia ele, e obrigava-nos a ler clássicos da literatura e a ouvir Mozart e a ver quadros de Ingres e Poussin e Rubens, e ensinava-nos latim e grego e aramaico. Eu e as minhas irmãs crescemos a ver museus, e algumas delas até se casaram bem, não sei se me entendes, mas eu não queria nada com homens, queria era tocar as fugas de Bach no fagote, quem haveria de dizer que me tornaria puta, é a vida. Quando as coisas se desmoronam, a gente faz o que pode para sobreviver. De certeza que não queres uma genebra?
— Não.
— E um bolo?
Tristan encolheu os ombros.
— Como te chamas?
— Tristan.
— Sou a Clementine. Prazer. *Carpe noctem*. Estás perdido?
— Sim.
— Pareces um príncipe, um príncipe velho, dos que têm reposteiros gastos nas janelas de uma mansão de Versalhes, com a roupa por remendar e o telhado do quarto a gotejar quando chove. Já te levo a casa, meu príncipe.
— Sim.
— Sabes como me prostituí pela primeira vez? Julgas que foi para sobreviver? Tens razão, mas antes de ter fome tinha vontade de ter um fagote. Quando fomos expulsos da casa do pai, o milionário Varga, já ouviste falar dele, o excêntrico que andava com um violinista pelas ruas? Quando saí, tive vontade de tocar Bach e deitava-me com homens para ter dinheiro para

um fagote. Foi Bach quem me levou para este mundo, foi o meu primeiro chulo, ainda eu não tinha falta de sopa e pão e azeitonas e tomate e queijo de cabra. Foi ele o meu primeiro proxeneta.
    — Proxeneta?
    — Sim, Bach.

# Relatório Gould

— Bom dia, Sir — disse o homem do chapéu cinzento.
— Retomemos o relatório.
— Claro, Sir. Tenho aqui o dossiê, é só um momento. Cá está, podemos recomeçar por este episódio: nos anos 50, quando Chet Baker conheceu Miles Davis, Gould tocou com o primeiro em dois bares, mas encontrou-se com ele muitas mais vezes, pois vendia-lhe droga. A partir do dia em que Baker e Davis se conheceram, Gould começou também a vender heroína a Miles Davis. Gould tocava piano em frente ao espelho. Dizia ser perfeitamente capaz de ver a música, e, assim como um homem se penteia a olhar para o seu reflexo, Gould afirmava fazer o mesmo com as suas composições. Sobre Chet Baker, disse: "Ele usa os espelhos na horizontal, não sei se percebe o que digo. O Chet anda sempre drogado, mas faz sucesso com as mulheres. Não sei porquê, mas, sempre que olho para ele, vejo uma caveira, talvez as pessoas vejam ali o desejo de *tanathos*, talvez confundam amor com morte. É possível, *la petite mort*, o orgasmo. Acontece que o fim do desejo é também uma escatologia, uma morte que se torna presente. Os amantes morrem um contra o outro, deitados no chão ou em lençóis, mas, quando se olham nos olhos, veem a cara da morte. Porém, o facto é que as mulheres desejam o Chet. Nunca percebi a razão, talvez seja por causa da cara de quem acabou de ter sexo. A pele toda engelhada. Sempre achei piada às rugas que os

trompetistas fazem na testa ao tocar. Talvez seja isso, a cara engelhada. Acho charmoso. É como se várias expressões tivessem sido acumuladas na cara em simultâneo, o riso, o choro, a tristeza, todas as rugas ao mesmo tempo a fazerem um homem completo. Ou, então, gostam dele porque o tipo é bom a improvisar. Já lhe disse que era eu quem lhe vendia droga?".

— Fodido, esse Gould.
— Concordo, Sir. E essa foi a expressão usada pelo jornalista que o entrevistava. Ao ouvir aquilo, Gould respondeu: "Já vi muitos libertarem-se das drogas, deixarem o vício, mas há coisas piores, muito mais tenazes do que a heroína. O meu caso, por exemplo. Não imagina a quantidade de vezes que já tentei deixar a música. Mas não consigo, não se consegue, ninguém consegue. Sem ela nem conseguimos andar, deixa de haver chão debaixo dos pés. Um tipo larga a heroína, mas não larga a música".
— E porque queria ele largar a música?
— Isso não sei, Sir, mas acho que por paixão, queria entregar-se a uma só, a Natasha Zimina, e o piano era uma espécie de adultério.
— Tem a certeza de que esse Gould é o homem de que precisamos?
— Certeza absoluta.
— Parece-me um louco imbecil e ingénuo.
— Tem toda a razão, Sir. No entanto, precisamos dele.
— Bom, continue com o relatório. Ele ganhava muito dinheiro com o tráfico?

— Não ganhava muito, mas foi com o dinheiro de *dealer* que Gould gravou o seu primeiro disco. Brubeck disse que era inaudível, mas que tinha qualquer coisa. E tinha. Gould aprendera a dizer poemas através da música. Começara a Guerra Fria. Perdemos a hipótese de fumar puros, quem nos vai indemnizar por isso?
— Também partilho do seu sentimento.
— Ainda bem, Sir. O medo de um ataque nuclear, por comparação, é irrelevante. O que interessa a morte se tivermos um havano entre os lábios?
— Aí já acho exagero.
— Eu gostava que fosse assim, Sir.
— Que fosse assim, como?
— Gostava de morrer assim.
— Com um charuto na boca?
— Havano.
— Claro.
— Seria uma morte bonita, Sir.
— Se assim o diz.
— Talvez tenha essa possibilidade, um dia.
— Sim, talvez, mas por enquanto só se conseguem comprar ilegalmente.
— Como era uma última vontade, podiam fechar os olhos, Sir.
— Prometo que sim. Se estiver ao meu alcance, farei com que tenha uma morte dessas.
— Obrigado.
— Em 1962, o meu pai construiu um abrigo no quintal.
— O seu também?
— Evidentemente, não havia outra coisa a fazer, foi

conselho do próprio presidente Kennedy, pôs cá fora aquele livro, *Fallout protection: what to know and do about nuclear attack*, vinte e cinco milhões de cópias para nos informar dos perigos de um ataque nuclear, o que fazer, como construir um abrigo, como o limpar, o que armazenar. Disse ao meu pai que aquilo era uma maneira de o *lobby* das conservas se encher de dinheiro.

— O *lobby* das conservas?
— Sim, há um *lobby* para tudo, as sardinhas em lata não ficam de fora. E a história de Gould e da mulher?
— Conheceu Natasha Zimina num bar. Ele estava ao piano.
— Já tinha dito isso.
— Precisava de o sublinhar. Foi um momento sem nada de especial. Roach, que à época tocava bateria, disse que ele a ignorava quando ela passava para ir à casa de banho ou ao balcão buscar mais um gim. Mostro-lhe uma fotografia dessa noite. Repare, esta mulher no canto.
— Natasha Zimina.
— Precisamente.
— Ele ignorou-a?
— Foi o que contou Roach.
— E que mais é que ele disse?
— Que ela, no final, lhe pediu um autógrafo. Gould recusou, não queria estragar o disco. Ela disse que não queria um autógrafo no disco, queria no corpo, e continuou: "Sem usar caneta, quero

que escrevas o teu nome na minha pele, mas a tinta terá de ser uma improvisação ao piano dedicada ao meu antebraço".
— Antebraço?
— Era aí que ela queria o autógrafo, Sir.
— Notas de piano impressas na pele? Isso não é impossível?
— Absolutamente impossível, Sir, acho que a intenção era meramente poética.
— Isso é poético?
— Tem alguma poesia, Sir.
— E o que fez Gould?
— Gould ficou louco, aquela mulher sabia falar a sua língua. Sentou-se ao piano para encontrar o nome dela numa improvisação e fazê-lo pousar no antebraço dela. E foi aí, segundo Roach, que ele teve a ideia que haveria de revolucionar a sua maneira de tocar e fazer dos seus solos algo impossível até então. Contudo, essa técnica ainda levaria uns anos a ser aprimorada.

―

Clementine não o levou a casa, mas indicou-lhe o caminho, e Tristan, com algum esforço e várias perguntas a transeuntes, acabou por voltar ao lar. Como uma Ariadne, foi anotando os nomes das ruas por onde passava, pois havia prometido a Clementine voltar, e teria de, na próxima vez, visitá-la com mais dinheiro para poder comprar bolos aos pobres que viviam debaixo do viaduto, além de lhe pagar mais uma genebra (ou duas). Tristan prometeu fazê-lo e haveria de o cumprir.

No trajeto de regresso a casa, voltou a ver a velhota, a pele que parecia de corda, os olhos enfiados na cara seca, pretos, a piscarem e a olharem para ele com uma serenidade assustadora. Não correu atrás dela porque estava muito cansado, parecia um velho a andar, devagar e dobrado sobre si mesmo, mas, antes de fechar a porta da entrada do prédio, olhou por cima do ombro e viu o pequeno vulto inclinado a espreitar. Depois olhou para o lado oposto e voltou a ver o homem do chapéu cinzento que tinha visto antes, quando estava com Clementine, a ler o jornal. Nervoso, Tristan fechou a porta atrás de si e subiu as escadas.

O pai estava sentado ao piano, perguntou-lhe porque demorara tanto a voltar da escola, e Tristan respondeu que fora a casa de um amigo.

— Tens de avisar. Li no jornal que anda por aí a monte um assassino, um homem terrível que tortura pessoas. Mas não é apenas isso, a vida é muito perigosa, há demasiadas coisas a ameaçarem-nos, temos de ter cautela. Tens de avisar.

— Sim.

—

Tristan sobressaltou-se, correu para a janela, abriu-a e debruçou-se, olhou para um lado, olhou para o outro, tinha visto outra vez a velhota.

Acabou por comentar isso com o pai.

Gould pousou os cotovelos na mesa da cozinha, apoiou o rosto em ambas as mãos, disse:

— Como sabes, tens o mesmo problema que eu, Tristan, sinestesia, eu vejo notas musicais, tu vês sentimentos.

— Talvez seja isso, mas tenho medo dela. Cada vez que surge à janela ou...

— Será que é mesmo uma pessoa?

— Não sei.

— Então?

— Não sei, mas também não é como tudo o resto que vejo.

— Não deve ser nada. Não ligues, ela acabará por desaparecer.

Quatro meses antes, tinham ido a uma consulta,

por causa das visões de Tristan. O rapaz estava especialmente nervoso e torcia as mãos no colo e abanava o corpo para trás e para a frente.

Quando chamaram o seu nome, saltou da cadeira como se tivesse apanhado um susto. Entrou no gabinete dois passos atrás do pai. O médico era um tipo de bigode, cabelo penteado com risco ao meio. A bata tinha uma mancha de sangue no punho do braço direito. A mão esquerda passava os dedos pelo estetoscópio pendurado ao peito, como se fosse uma joia, lentamente, com um erotismo completamente fora de contexto. Perguntou, sem se dirigir a Tristan ou a Gould em concreto, atirando a pergunta para o meio dos dois, em que podia ser útil.

— Aparecem-me coisas nos olhos — disse Tristan.
— Que coisas?
— Pessoas, animais, objetos.
— Aparece a toda a gente quando as olhamos.
— Comigo é diferente.
— Como assim?
— Por exemplo, o doutor tem uma senhora ao seu lado.
— Está o jovem a dizer-me que vê fantasmas?
— Os fantasmas são pessoas mortas?
— Sim, se existissem.
— As pessoas mortas não existem?
— Existem... Mas não era isso que eu queria dizer.
— O que vejo não são pessoas mortas.
— Então?
— São pessoas ou coisas que saem da cabeça de outras pessoas.

— Coisas?

— Pedras, árvores, pássaros, bolos, sapatos, chuva, moscas, cabelos, uvas, cavalos, automóveis, pianos, pinturas, neblina, sol, chocolate...

— Muito bem, já percebi. O jovem terá talvez um exemplo mais concreto para me dar? Por exemplo, que senhora é esta que tenho ao meu lado?

— É nojo de alguma coisa.

— Não me parece que tenha nojo de nada.

— Sim, tem.

— Tenho?

— Tem. O doutor acha que sou maluco, e os malucos causam nojo nas pessoas.

— Isso não é verdade.

— É o que me aparece nos olhos.

(Não é particularmente incomum, haveria de dizer Dresner quando Gould lhe contou que achava que o filho via pessoas que não existiam: o poeta William Blake, quando tinha quatro anos, insistia que vira Deus a olhar para ele, da janela.)

O médico ficou a pensar em tudo aquilo, olhou para Gould, reparou nos braços queimados por beatas de cigarros, as marcas redondas a pontuarem a carne. Apontou para os braços do pianista:

— O que é isso?

— Tenho poucos cinzeiros.

―

Imagine-se duas melodias independentes que são a vida de duas pessoas. Imagine-se que as pessoas caminham pela rua, ambas a trautear a sua própria melodia, e, quando se aproximam, à medida que se aproximam, percebem que as notas que a outra trauteia encaixam no meio das notas da sua própria música, criando uma outra melodia, mais complexa. Nem todas as notas caem no meio umas das outras; nos intervalos, algumas coincidem, mas tocam em harmonia. Digamos que uma trauteia a tónica e outra a quinta, a terceira, ou mesmo uma segunda. Imagine-se o espanto dessas duas pessoas ao perceberem a melodia que nasce do casamento das suas duas músicas, a riqueza que se gera ao cruzarem-se na Rue de l'Abreuvoir.

Era assim que Gould pensava na sua vida e na de Natasha.

Antes de ir buscar o filho à escola, parou num café, pediu uma cerveja. Despejou o conteúdo no copo.

Bebeu dois ou três goles. Deixou uma nota em cima da mesa e levantou-se. Levou a garrafa consigo.

Ao chegar à escola, esperou até ver o rapaz de cabelo ruivo andar na sua direção, sozinho por entre os gritos das outras crianças. Tristan olhou para o pai, que estava sempre muito sério, os olhos descaídos, tristes, mas atentou sobretudo nas traças que apareciam a voar à sua volta quando se avizinhava um cumprimento ou um abraço ou qualquer outra demonstração de afeto.

— Vamos a Honfleur?
— Fazer o quê?
Gould mostrou a garrafa de cerveja vazia.
— Isso é uma garrafa de cerveja, papá.
— Sim.
— O que vamos fazer com ela?
— Já vais ver.

Relatório Gould

— Andavam sempre juntos, Sir. Quando ele tinha de se ausentar, telefonavam-se com demasiada frequência. Gould chegava a interromper concertos, dava uma desculpa vaga, qualquer coisa sobre a próstata, e telefonava para casa, amo-te, Natasha, ela respondia o mesmo, as palavras de ambos coincidiam maravilhosamente. Hoje, Gould continua a fazer a mesma coisa. Natasha abandonou-o, mas ele continua a telefonar para casa, na esperança de que ela atenda, que tenha voltado entretanto e que lhe diga, desculpa, perdi-me no mercado, mas já voltei, amo-te. Hoje, Gould continua a interromper os próprios concertos, dá a mesma resposta vaga sobre a bexiga ou a próstata e sai, muitas vezes para desespero dos músicos que o acompanham.
— E essa Natasha Zimina, quem é? Fala-me do amor de Gould por ela, mas ainda não sei nada do que realmente importa. O que faz? De que gosta? Essas coisas.
— Lá chegaremos, Sir, é preciso paciência.
— Como era fisicamente?
— Muito difícil de dizer com certeza, Sir.
— Não há fotografias?
O homem do chapéu cinzento abriu o arquivo umas páginas à frente.
— Poucas, e ela parece metamorfosear-se em cada uma. Mostro-lhe estas duas. Repare, parecem pessoas diferentes.
— É verdade.

— Em 1972, Gould gravou um disco chamado *Retrato de Natasha Zimina tocado no piano*. Foi uma tentativa de descrever o rosto de uma mulher a tocar piano.
— Isso é impossível.
— Vou pôr o disco a tocar, Sir.
— Não vejo aqui nenhum rosto.
— Eu também não, Sir. Por vezes, parece-me que vejo um nariz ou uma pálpebra, mas é uma sensação fugaz. Creio que Gould consegue de facto ver sons, é uma doença neurológica, chama-se sinestesia, e talvez todos os homens possam fazer a mesma coisa com algum treino.
— Não me parece.
— Há vários tipos de sinestesia, é uma patologia complexa. Uma pessoa pode, por exemplo, ver uma sequência de números com distâncias diferentes, o dois mais afastado do que o um, o três mais do que o dois, etc. Ou pode ver cores nos sons, um si bemol pode ser amarelo e a frase bom dia pode ser castanha, ou então pode, ao olhar para um objeto, identificá-lo com um sabor.
— Diga-me outra vez como se chama a doença.
— Sinestesia.
— Vou anotar, que já sei que depois me esqueço.
— Gould vê melodias em todo o lado. Senhor diretor, imagine uma pedra.
— Sim.
— Uma pedra tem uma melodia. Podemos descrever uma pedra através da sua composição química, através daquilo que vemos ao observá-la, mas

podemos também, segundo Gould, descrevê-la musicalmente.
— Uma pedra pode ser uma sonata?
— Sim, ou *bebop*. Uma parede terá a sua melodia, uma janela terá outra, imagino que consoante a paisagem do outro lado. Um pé cantará uma canção, uma flor exalará a sua própria melodia. Conto-lhe dois episódios da infância de Gould que descrevem bem este fenómeno. Aos seis anos perguntou: "Então, quando vocês fecham os olhos, não ouvem a música?". "Qual música?", interrogou-se a professora. "A música", respondeu Gould num gesto largo, como se tudo estivesse impregnado de música. Noutra ocasião, pediu à mãe que apagasse as luzes. "Estão apagadas", retorquiu ela. Só muito depois percebeu que as luzes que ele via eram da música que constantemente ouvia à sua volta.

—

Dormiram num pequeno hotel à beira-mar.
    Tristan olhou para o pai a dormir, a boca aberta, um fio de saliva a escorrer-lhe pelo queixo. Recordou a primeira vez que viu o pai a dormir ou que teve essa consciência. Lembrou-se do medo que isso lhe provocou: se ele dorme, quem vela por mim?, interrogou-se. Não foi esta a pergunta, claro, que ele não conseguia formular os seus sentimentos de um modo tão lúcido, foi apenas um ponto de interrogação que entrou nele como a cobra do Jardim do Éden e lhe ofereceu um fruto cuja polpa era o medo, que ele trincou naquele instante em que viu o pai a dormir. Foi a primeira vez que sentiu a solidão e o pânico de não haver alguém a olhar por ele, se nem o pai, quanto mais Deus.
    Gould estava especialmente feliz ao despertar. Tomaram pequeno-almoço. Gould ligou para casa, mas ninguém atendeu, e saíram para passear junto ao cais. Ao fundo, Tristan viu o mesmo homem de

chapéu cinzento que já antes vira e que lhe dava uma sensação sinistra, porque aparecia tantas vezes quanto a velha, e em lugares muito diferentes, como se fosse omnipresente. Assustava-o de uma maneira carnal, mexendo-lhe com os ossos e não apenas com as ideias.

Gould tirou uma garrafa de cerveja vazia do bolso interior do casaco de marinheiro.

A velhota que o espreitava da janela e que o seguia no caminho para a escola aproximou-se de Tristan. O que faria em Honfleur?

Gould pegou na garrafa de cerveja.

— Cá está ela.
— A garrafa?
— Não é só uma garrafa, é Hermes.
— O que é isso?
— O mensageiro dos deuses.

Gould tirou do bolso lateral um papel, desdobrou-o e leu-o para si.

— O que é isso?
— Uma carta para a tua mãe.

Enrolou a folha e meteu-a dentro da garrafa. Tapou-a com uma rolha.

Sentou-se na areia, descalçou os sapatos, tirou as meias e pô-las dentro dos sapatos. Arregaçou as calças. Caminhou, solene, até ao mar. Puxou o braço para trás, mostrando as cicatrizes das beatas apagadas, e atirou a garrafa. A água dava-lhe pelos joelhos.

Tristan olhava para ele, para todos os gestos, tentava compreender.

Gould disse:

— É para a tua mãe, uma carta para ela. Vou enviar tantas e de tantas maneiras que alguma há-de chegar às suas mãos.

E será que a mamã quer voltar?, pensou Tristan.

— Ela há-de voltar — disse Gould.

A velhota sentou-se ao lado de Tristan.

―

Voltaram a Paris já de noite. No caminho, Gould parou em duas cabinas telefónicas para ligar para casa. A chegada foi uma desilusão, claro, e Tristan viu-a, à desilusão, parada atrás do pai, muito alta, debruçada sobre os seus ombros, a espreitar para o apartamento vazio, com um sorriso cínico. Tinha um chapéu de pele de marta e um sinal por cima dos lábios. Fumava uma cigarrilha e passava frequentemente a mão pelos cabelos. Piscou o olho duas ou três vezes antes de se abraçar a Gould, soltando uma gargalhada, pressionando com os dedos de unhas muito compridas, pintadas de roxo, os olhos do pianista.

Gould acendeu um cigarro, apagou-o no braço, sentou-se no piano, pisou o pedal da surdina e tocou durante uns minutos, sem se aperceber de que Tristan o observava espreitando da ombreira da porta.

Para Tristan, havia uma maneira de se encontrar com o pai. Era quando Gould tocava e aparecia entre as notas do piano. Como quando se encontra um cogumelo ao afastar as ervas. Via a cara do pai nesses momentos com uma precisão notável, via-a, como dizer?, inteira. Não era uma visão parcial, mas uma perspectiva angulosa de Gould em toda a sua complexidade. Tristan não sabia explicar isto, mas sabia que, no meio das notas do piano, tinha um pai.

A campainha tocou, Tristan entrou na sala, enquanto Gould se dirigiu para a porta e a abriu. Dresner sorriu e entrou a coxear, trazia uma garrafa de *brandy* na mão.

— Porque coxeia, senhor Dresner? — perguntou Tristan.

— A morte de alguém que amamos provoca-nos nos músculos uma lesão de que nunca mais nos curamos.

— Quem é que morreu?

— O meu amigo Pearlman. Tinha doze anos. A cabeça dele, depois de cair no chão com a bala de um soldado nazi, rebolou para cima do meu pé, devagar, e ali ficou, provocando-me uma lesão incurável. Nunca mais consegui pousar o pé normalmente. Dói-me quando toca no chão.

Dresner baixou-se, levantou um pouco a perna direita, pousou o pé lentamente e, quando tocou o chão com a sola do sapato, recolheu a perna, quase como um reflexo e com um esgar de dor.

— Vês?

— Não há pomadas?

— Dizem que o tempo cura.

— O tempo é uma pomada?

— Uma espécie de pomada.

— Não tem funcionado, pois não?

— Não. É que também vamos criando afeto pela dor, ela diz-nos que estamos vivos, está sempre ali, presente, e essa fidelidade é importante, como se fosse um amigo.

— Ou Deus.

— Ou um cão.

Tristan observou Isaac Dresner. Tinha a dor pousada no ombro esquerdo. Era um sapato castanho. Teve vontade de o enxotar, mas, face à inutilidade de um gesto desses, decidiu simplesmente ir para o quarto. Sentou-se na cama com o atlas ao colo. A imensidão de possibilidades que o mundo lhe dava para o paradeiro da sua mãe deixava-o tonto, tinha de respirar fundo antes de começar a espetar o dedo, imaginar, forçar os sonhos, dormir.

Isaac Dresner sentou-se, enquanto Gould foi buscar os copos.

— O Tristan continua a ver pessoas, coisas?

— Sim — respondeu Gould.

— Nunca percebi bem. Compreendo o teu caso, uma sinestesia, uma confusão dos sentidos, vês sons além de os ouvir, mas o Tristan vê pessoas.

— Ele vê sentimentos. Aparecem como pessoas porque às vezes não tem outra maneira de os representar mentalmente.

— A cabeça é um estranho palco, as coisas que aparecem em cena.

Gould levou o copo aos lábios.

— Ultimamente — continuou —, também vê um homem de chapéu cinzento, que se esconde em esquinas e atrás de jornais.

— Que emoção será essa?
— Não sei. Começou a surgir depois de a Natasha se ter ido embora.
— Achas que é a falta dela?
— Não. Ele tem medo desta figura. Diz que é diferente das outras.
— Diferente como?
— Como se existisse mesmo.
— Mais um copo?
— Não há razão para que, ao pôr do sol, o ar cheire a mofo, pois não, Isaac?
— Não.
— O Tristan diz que é a isso que cheira o pôr do sol.
— Talvez tenha razão, talvez o pôr do sol seja mesmo como as coisas velhas, que também ganham esse cheiro. Talvez o dia chegue ao fim meio estragado, mofento, como um bolo ou um trapo, talvez a luz pressagie a sua própria morte, ainda que efémera, e exale o medo da morte, o cheiro a mofo.
— Que explicação tão complicada.
— Jamais me renderei à simplicidade, Erik.

Isaac Dresner bebeu mais um copo de *brandy*, que o fazia esquecer a sua natural bonomia e ficar particularmente amargo, por vezes até agressivo, no discurso.

— Não o ensinas a tocar piano?
— Não.
— Fazes bem. A música é a pior coisa do mundo, altera o humor, distorce o juízo, as pessoas perdem a solenidade necessária para raciocinar friamente e com objetividade. Pior, sob o efeito da música as pessoas apaixonam-se e depressa começam a fornicar e a fabri-

car mais seres humanos, a partilhar os fluidos mais íntimos como se fosse Coca-Cola, numa voragem aberrante que culmina na mais perversa das criações naturais: a população. A música reduz o QI, a música, disse Santo Agostinho, devia ser proibida. Quem não concorda? E, mais assustadora do que tudo, a mais sinistra característica da música: faz as pessoas dançarem.

— Não estarás a exagerar?

— De repente o corpo começa aos espasmos, a mexer-se, sem que haja intervenção do livre-arbítrio, a música faz de nós títeres ridículos a abanar as ancas de olhos fechados, a música é uma besta que nos possui e nos transforma em animais sem propósito ou sentido, à volta sobre si mesmos. Se víssemos uma vaca a portar-se assim, abatíamo-la imediatamente.

Mais um copo de *brandy*.

— E tens de a esquecer, Erik, que o amor é uma doença asquerosa, um ato de perversidade que perpetua esta espécie de vertebrados que se deitam uns em cima dos outros a pingar saliva e a lamberem-se... chamam a isso carícias e beijos... para resultar na eliminação convulsa de uns mililitros de uma peçonhenta substância esbranquiçada que será unida a uma espécie de ovo que apodrece sazonalmente, fazendo que as fêmeas pinguem sangue por entre as pernas mas que pode eventualmente, e com muito mais frequência do que seria aceitável, fazer nascer mais um ser que se há-de deitar em cima de outros seres, depois de nascer entre fezes, urina e sangue.

Mais um copo de *brandy*.

Adormeceram ambos no sofá.

—

Tristan já suspeitava quem era a velha que se sentara com ele em Honfleur, que espreitava por entre os móveis, pelas ranhuras das portas, que o observava nas esquinas a caminho da escola ou de volta a casa. Não chegara a uma conclusão clara sobre isso, pois sentia alguma ambiguidade em relação ao que via, como se fosse não um sentimento, mas uma súmula de vários. Inicialmente, a conclusão foi a seguinte:
Era a sua morte.
Tristan via-a agora de maneira diferente, parecia--lhe muito mais simpática, apesar de um pouco suja. Uma tarde, fazia desenhos numa folha, de pernas cruzadas no chão, e resolveu chamá-la. Não levantou a cabeça, apenas a chamou numa língua estranha que não sabia que o habitava, o idioma dos mortos. A velha esticou a cabeça por detrás do aparador da sala, admirada por ser reconhecida e por saberem falar a sua língua, tossicou, olhou para os lados para ter a certeza de que era a ela que Tristan se dirigia, apontou para si,

eu? Tristan acenou que sim. A velha saiu muito devagar de trás do móvel, passos muito curtos e dolorosos, a arrastar o presságio de dores futuras. Tristan pegou na mão da morte e afagou-lhe a pele áspera do braço. Levou-a até à cozinha, sentou-a à mesa e serviu-lhe um chá.

— Estás a beber dois chás? — perguntou Gould quando entrou na cozinha.

Tristan não respondeu.

A velha olhava para ele com o olhar mais triste possível.

Tristan sorria com timidez, como se tivesse medo de a magoar com a sua simpatia.

Ela pousou a mão em cima da dele, pareciam dois namorados.

———

Quando acabaram de beber o chá, Tristan levou a morte para a casa de banho, encheu a banheira, ajudou a velha a despir-se. Era praticamente ossos. Ajudou-a a entrar na banheira, a sentar-se. A luz da casa de banho hesitou, apagou-se durante um segundo, voltou a acender-se. Tristan pegou na esponja e no sabão e deu banho à morte. Ouvia-se uma estranha versão de *A night in Tunisia* que o pai tocava no piano e preenchia a casa toda. Tristan, com a esponja, lavou os pés à morte e as coxas e as virilhas e as costas e os sovacos e os cabelos grisalhos (que eram ásperos, pareciam arames). A morte levantou o rosto velho, olhou Tristan nos olhos e sorriu enquanto ele lhe tirava o champô.

Tristan pegou na toalha.

— O que estás a fazer na casa de banho há tanto tempo? — perguntou o pai, do outro lado da porta.

— Já vou — respondeu Tristan.

Ajudou a morte a levantar-se. A velha tinha muita dificuldade em mexer-se, não conseguia fazer passar a perna por cima da banheira. Tristan ajudou-a.

# Relatório Gould

— É um pouco triste a vida do miúdo, de Tristan. Parece abalado. Acho que não tem vontade de viver, é como se a vida pouco lhe importasse e tivesse abraçado uma espécie de sonolência ou letargia, uma espécie de entrega à morte.
— Pobre miúdo. Isso foi depois do desaparecimento da mãe?
— Sim, creio que sim, mas tem-se agravado à medida que o tempo passa.
— E Gould?
— Continua a pensar em Natasha Zimina.
— Não quer saber do miúdo?
— Sim, trata-o bem, mas é diferente.
— Diferente como?
— Diferente, gosta dele, mas... Com Natasha Zimina, ele esforça-se, faz o possível e o impossível para a reencontrar. Com o filho, parece simplesmente cumprir a sua função de pai, um pouco como um burocrata carimba papéis. Tem dificuldades em expressar as emoções, parece frio, não diz o que sente. Há um abismo entre ambos que parece difícil de ultrapassar. Bom, estarei porventura a exagerar um pouco, mas o amor de Gould por Natasha, acho que é isso que quero dizer, Sir, é desproporcionado em relação ao que demonstra pelo filho.
— Não vamos lá através do filho?
— Não. Só triunfaremos através do amor insano que ele dedica a Natasha.
— De certeza? É que o amor por um filho...
— De certeza, Sir.

―

Gould tinha de pensar numa melodia para sair de casa. Sair sem cantarolar uma música na sua cabeça seria o mesmo que sair nu para o meio da rua. Ainda que a melodia se instalasse numa camada profunda da alma e não assomasse à superfície, à consciência, ela estava lá, assim como, depois de nos afastarmos do espelho, as nossas roupas desaparecem da nossa consciência mas continuam a tapar-nos o corpo. Não precisamos de pensar nelas para que continuem a tapar-nos. A música que Gould trauteava antes de sair de casa era assim, uma espécie de roupa.

Deixou Tristan a dormir.

Atravessou a rua até ao edifício onde moravam Dresner e Tsilia.

Tocou à campainha e cantou qualquer coisa com o corpo enquanto esperava que lhe abrissem a porta.

Dresner estava sentado numa poltrona azul, a luz de um candeeiro caía-lhe em cima, iluminando o fumo do cigarro que lhe amarelecia os dedos médio e indicador e que ele levava à boca com sofreguidão: inspirava ruidosamente, prendia o fumo dilatando as narinas, soprava o fumo pondo o lábio inferior para fora. Ao lado dele, em cima de uma mesinha de três pés, estava uma garrafa de *brandy* a meio e um copo carregado de dedadas. Gould cumprimentou Tsilia, que estava a pintar e não lhe respondeu, encontrava-se absorta, enfiada numa projeção pictórica do Universo, uma explicação visual de tudo numa inconcebível diversidade de perspectivas sensoriais, intelectuais, emocionais, visuais; por isso, quando Gould disse *bonjour*, Tsilia não respondeu.

O pianista não parecia estar muito bem, as olheiras a vestirem-lhe os olhos, os cabelos desafinados.

Acendeu um cigarro.

— É uma dor que não passa, Isaac. É como um osso dentro do corpo, não sai.

— Bom, talvez relativizando.

— Com quê?

Dresner não respondeu. Limitou-se a soprar o fumo contra a luz do candeeiro azul, mas pensou: Sei lá, há tanta dor no mundo, podias ouvir outras histórias, talvez chegasses à conclusão de que a tua não é a maior, eu podia falar-te do Holocausto, mas não tenho corpo para isso.

— Não é só a Natasha — disse Gould. — É também o Tristan. Não sei o que fazer com ele, sinto que estou a arrastá-lo para dentro da minha tristeza, a puxá-lo pela roupa, pelo braço, a descer, a descer, e a levá-lo comigo. O Tristan diz que vê uma velha. Talvez seja a minha solidão, apesar de ele dizer que é a sua própria morte, que é como uma doença, das que caminham silenciosas pelos becos e vielas do corpo, escondidas da luz. Não sendo uma doença das que se podem extrair com bisturi, não deve ser, pois não?, é contudo real. Creio que pode efetivamente matar, já ouvi dizer que é possível morrer de tristeza ou de solidão. Não são só os cães. O que achas, Isaac, podemos morrer de tristeza profunda? É que, se isso for possível, eu devo correr o mesmo risco, também estou infectado. Talvez deva perguntar ao Tristan se vê a minha morte. Não, que imbecilidade, o miúdo não é um oráculo.

Sem dizer nada, Dresner tentou pousar o pé no chão, mas a dor crescia e alastrava-se e à cabeça subiam-lhe as histórias dolorosas do passado, dele, de outros, de familiares, de amigos, não era só a cabeça de Pearlman, o sofrimento irradiava como se fosse sangue, subia-lhe pela perna um pouco do *pogrom* de 1907, como se o tivesse vivido, provavelmente até o fiz, pensava ele, é o *gilgul*, é tudo um ciclo, não posso negar as perspectivas de um povo, da sua História, a dor é hereditária, só o sofrimento deixa cicatrizes, a felicidade desvanece-se sem deixar marcas. Por isso, lembro-me: os talheres eram de prata e a toalha era sempre branca. Depois os soldados entraram na aldeia e violaram as mulheres. Ordenaram-lhes que tirassem a roupa e, com temperaturas abaixo dos dez graus negativos, as mulheres despiram-se, mostrando os corpos mais nus que existem, os corpos humilhados. Depois deitaram-nas na neve e cobriram-nas como bois. Nenhuma delas chorou, nenhuma fez qualquer ruído, era como se

quisessem desaparecer, era como se um gemido sequer as fizesse aparecer, ser alguma coisa.
— Então? — perguntou Gould. — Não íamos relativizar a minha dor? E a sensação do Tristan, de que tem a morte junto dele? Será algo perigoso, realmente fatal, uma ameaça que devo levar a sério? Sim, tenho de levar a sério, que mais posso fazer?
— Talvez, Erik, deixa-me respirar um pouco, espera só um minuto.
O avô Penzik tinha uma mão no bolso. Estava fechada porque esmagava entre os dedos a sua raiva. Ouvia-se a respiração dos homens em cima das mulheres. O avô Penzik tinha nos lábios duas palavras presas, que sabiam a sangue, uma era vingança, outra era simplesmente medo. Olhava em frente, não queria ver as mulheres deitadas no chão, tudo menos isso, olhava para o horizonte como se procurasse aí uma explicação. Ouvia-se a respiração dos homens em cima das mulheres. Depois pegaram nos velhos e obrigaram-nos a enterrarem os filhos, os netos. Atiravam terra para cima deles, e os filhos e os netos não gritavam, não olhavam sequer para eles, recebiam a terra sem qualquer gesto de revolta. O chão de Breslov cheirava a podre. Cheirava a mortos.
— Posso servir-me de um *brandy*, Isaac?
— Podes. — E acendeu mais um cigarro. — Serve-me um também.
Enquanto Gould abria a garrafa, Dresner pensava na mulher de Kapel Sobol, que estava deitada de costas. O pai de Kapel foi enterrado vivo pelo próprio filho. A mulher de Kapel tentava engravidar há dois

anos. Conseguiu nesse dia, e nove meses depois, oito meses e duas semanas, para ser mais exato, nasceu Miriam. Kapel Sobol fez de conta que Miriam tinha a sua genética. Quando a menina nasceu, disse: É a minha cara, tem os lábios do meu pai, a testa do meu lado da família, que bonita. Seremos felizes. Quando bebia e olhava para o rosto da filha, via a cara do soldado ucraniano. E, quando a menina sorria, via o mesmo sorriso que, anos antes, o soldado tivera cuidadosamente desenhado no rosto quando se levantara de cima da sua mulher, puxando as calças, sacudindo a farda. O sorriso sempre preso aos lábios como se estivesse mesmo colado à boca. E a sua filha sorria dessa maneira, como se tivesse acabado de se levantar de cima do corpo da própria mãe e puxasse as calças e sacudisse a farda.

— E agora, Isaac, achas que podemos começar a relativizar?

— O pó não sai, Kapel Sobol, é disso que somos feitos, não adianta sacudir a farda.

— O quê?

— Desculpa, divagava. Não sei o que te dizer, Erik. Gould bebeu um gole.

— Sabes, acho que não sou um bom pai. Quando olho para o Tristan, encho-me de dúvidas. Acha que vai morrer, que o fim está para breve. Estás a ouvir?

Dresner pensava:

Façamos de conta que sim, dirão os tempos, façamos de conta que sim, que evoluímos, que a sociedade é mais justa, mais igualitária. Façamos de conta que sim. O Führer queria ser arquiteto ou pintor, mas preferiu queimar judeus e fazer sabonetes com a gordura deles, lavar os sovacos e as virilhas com as cinzas do Pearlman, da Fruma, do Banesh, do Jacob, que só tinha dois anos, da Rebecca, que não chegou a nascer. Façamos de conta que sim. A minha amiga Zelda entrou em Mauthausen de mãos dadas com a mãe. O avô ia numa fila à parte. Foi a última vez que o viu, encurvado. Levava dentro da alma a terra que atirou para cima do próprio filho e o silêncio deste a morrer. A terra a cair em cima dele e a frase: O meu querido filho não soltava um único som.

— Preciso de ajuda, Isaac.
— Sim.
— Acho que não tenho sido um bom pai. Sabes, daqueles pais que brincam com os filhos rebolando na relva ou que correm pelos campos com bolas e flores.
— Bolas e flores?
— Sim, que correm pelos campos.

Dresner ouvia a terra a cair. O silêncio em cima de Pearlman, ou melhor, o barulho da terra, que é a mais espessa forma de silêncio. Foi assim que o avô de Zelda entrou em Mauthausen, em silêncio, cheio de terra na boca, nos olhos, na alma. O amor não faz sentido, pensava Pearlman, só a terra tem significado, porque cala tudo, faz este silêncio que é a única coisa possível. Um pé à frente do outro, em direção ao bidé do Führer, às virilhas de Goebbels e de Himmler. Um pé à frente do outro. Façamos de conta que sim, dirão os tempos, façamos de conta que sim, que um dia não se cortarão cabeças e que avós não voltarão a enterrar os netos. Façamos de conta que sim. Corramos pelos campos.

— Não sei mesmo o que hei-de fazer.

Ruchel foi violada pelo pai. Os soldados obrigaram-no. Um dos irmãos de Ruchel foi obrigado a violar a mãe. Toda a família assistiu. Obrigaram-nos a bater palmas. E, depois disso, obrigaram-nos a sobreviver. Um dia iremos à sinagoga para enterrar o Eterno. Dir-Lhe-emos terra, atiraremos terra em vez de orações, enterrá-Lo-emos debaixo do silêncio, e Ele não dirá nada. Será como uma mulher violada na neve ou como um filho enterrado pelo pai.

Gould apagou o cigarro no antebraço esquerdo.

Dresner pegou na garrafa de *brandy*:

— Por agora, resta-nos isto.

Depois de Erik Gould sair, Isaac Dresner abriu a correspondência que se encontrava em cima da mesa da entrada e que trouxera da livraria. Abriu um envelope que continha um original para publicar.

Tsilia Kacev, sua mulher, arrumava os óleos depois de ter estado a pintar. Estava colorida, cheia de manchas azuis, vermelhas, verdes, cinzentas, brancas.

— Não te faz confusão — perguntou ela — receber originais de uma pessoa que não conheces?

— Nenhuma. É a obra que conta, não tenho de conhecer quem está por detrás dela.

— Mesmo que seja um monstro?

— Sim.

— Não posso pactuar com isso.

— Como assim?

As pálpebras de Tsilia pesavam um dia de trabalho. Deixou-as cair:

— Não sei.

— Não sabes?

— Toda a estética nazi tinha uma beleza absoluta. Exata. Mas eu não penduraria nenhum dos seus símbolos, logos ou *memorabilia* na parede. Não penduraria. Não concebo um artista cuja obra não seja ele. Se não for ele, há alguma coisa errada. Ou estaremos a limitar-nos à técnica. E não ao pensamento. A elogiar a maneira como escreve. Ignorando todo o conteúdo. Eu pinto com o corpo todo. Com a alma toda. É uma transfusão. Se eu fosse às riscas azuis, os meus quadros seriam às riscas azuis. Se eu tivesse sotaque de Odessa, os meus quadros teriam sotaque de Odessa. Se eu gostasse de flores, os meus quadros gostariam de flores. Desenhar é encontrar no meio que nos rodeia os nossos contornos. É isso. Escavar o mundo para encontrar a nossa cara.

— O conteúdo de algumas obras pode ser completamente diferente da forma como os autores pensam.

— Então, não tenho interesse nenhum nessa obra. Se o autor não expõe o que pensa, o que, na verdade, é a sua essência, a sua obra não terá qualquer interesse genuíno. Não é autêntica. É uma atuação. Um artifício. Quero que seja a alma do escritor. Que ele se ponha lá dentro como uma transmigração. Se não for assim, não lhe reconheço mais mérito do que a um artesão. Pode ser bom a moldar, mas não é bom a criar.

— Talvez sejas demasiado radical.

— Se pensar num escritor, quero um escritor total. Que seja, acima de tudo, um homem. Eventualmente, um sábio. O que ele pensa tem de ser parte da sua obra. Se o pensamento não aparecer, então é um cobarde. É uma pessoa que escreve. Não é um escritor.

— Os textos deste autor são belíssimos. Não o conheço. Pode ser uma pessoa execrável, é verdade, mas também pode ser maravilhoso.
— E qual o motivo para ser completamente anónimo?
— Não sei. Não há só um motivo para agir de determinada maneira.

Relatório Gould

— Em adolescente — disse o homem do chapéu cinzento —, Gould apareceu com várias cicatrizes provocadas por facas. Exibia-as como troféus de lutas em que teria participado, por honra ou bravura, nos bairros onde crescera. Um amigo, no entanto, garante que a vida dele foi perfeitamente pacífica e que os cortes foram autoinfligidos. Gould, segundo este testemunho, tinha na juventude uma necessidade imensa de afirmação, sobretudo física. Era franzino, mas achava que a aura que criava podia ser mais poderosa do que os músculos.
— Tinha alguma razão.
— Com certeza, Sir, mas era um caso estranho. Cortar o próprio corpo para evitar que um dia lho cortassem, não sei se é uma boa estratégia.
— É, se com esses cortes autoinfligidos evitar um que lhe seja fatal.
— Vivendo num bairro pacífico?
— Isso não existe.
— Talvez. Certo é que tinha o corpo coberto de cicatrizes. A meu ver, Sir, completamente escusadas.
— Essa foi a única explicação?
— Curiosamente, não, Sir. Havia outra.
— Qual era?
— Um vizinho dele garantiu outra coisa. Ele cortava-se por outro motivo.
— Sim? Qual?
— Para se libertar da música.
— Como assim?
— Achava que estava a abarrotar de música, que ela

já não lhe cabia no corpo, e cortava-se como quem faz uma sangria, para se libertar. Precisava que a música lhe saísse do corpo, porque não o deixava ter uma adolescência normal.
— Um verdadeiro maluquinho.
— Em certa medida.
— Como, em certa medida?
— Não sei, Sir. Há adolescentes que tentam matar-se. Há adolescentes que sonham conquistar o mundo. Ele só queria ser uma pessoa normal. Acho que tentou, ao cortar-se, esvaziar-se do seu talento.
— Maluquinho.

—

Tristan encontrou-a no mesmo café onde tinham estado no dia em que se conheceram. Levantaram-se e começaram a andar em direção ao jardim.

— Tens os olhos suaves como se estivessem penteados — disse-lhe Clementine.

Andavam pela rua quando um pedinte gritou que o fim do mundo estava a chegar.

— Pode bem ser verdade — disse Clementine — que hoje estão mais dois graus Celsius do que foi anunciado pela meteorologia.

— O mundo está a acabar.

— Sim, já se ouviu — disse Clementine enquanto lhe punha uma moeda nas mãos e atirava o fumo do cigarro para o ar. — Quando vai acabar? — perguntou ela.

— Em breve.
— Não sabes a hora?
— Vai acabar.
— Sim, mas quando? Isso é que me interessa saber.

— Vai acabar de manhã.
— O mundo vai acabar enquanto o dia começa?
— Sim, de manhã.
— Não me parece lógico — disse ao mendigo — que acabe no começo.
Virou-se para Tristan:
— Que te parece, meu príncipe? Não dizes nada? Agrada-me que tenhas voltado. Trouxeste dinheiro?
Tristan anuiu.
— Muito bem. Queres uma genebra?
Tristan abanou a cabeça.
— *Fernet*?
— Não.
— És esquisito, meu príncipe.
— Temos de perdoar Deus — disse o mendigo para Clementine. — É isso que faço quando vou à igreja, perdoar Deus.
— Não tem perdão — disse ela, a apagar o cigarro com o sapato.
— Até Ele tem perdão — contrapôs o mendigo.
Clementine aproximou o rosto do dele e, num gesto rapace, encostou os seus lábios aos do homem, afastando-os depois um pouco, para fazer passar a língua por eles. O seu corpo anafado estremecia.
— E o mundo acaba de manhã? — sussurrou-lhe ao ouvido.
— Às cinco da manhã.

―

Tristan tinha no bolso o dinheiro que juntara privando-se do lanche durante vários dias.
Sentaram-se os dois num banco do jardim. A velha juntou-se a eles, e Tristan teve de se aproximar um pouco de Clementine para que a morte pudesse, também ela, sentar-se confortavelmente. Clementine viu nessa aproximação uma espécie de elogio, de movimento de afeto, por isso sorriu. A velha olhava em frente, muito séria, piscava os olhos de vez em quando, as mãos pousadas nos joelhos. Tristan tirou um bolo da mala da escola, ofereceu-o a Clementine.
— Tem creme?
— Tem.
— Trouxeste dinheiro, meu príncipe?
— Sim.
— Ótimo. És um amor. *Amor meus aeternus.*
Estendeu a mão.
Tristan levou a sua ao bolso e entregou-lhe algumas notas e moedas.

Clementine contou as notas, dobrou-as à volta das moedas e guardou tudo no sutiã.

A velha virou a cabeça para Tristan e Clementine, sem alterar a expressão solene, e depois voltou a fitar o infinito, piscando os olhos negros e encovados com alguma frequência.

Clementine prometeu a Tristan que, quando ele crescesse, o beijaria na boca. Ele olhou para a boca dela, os lábios pintados, muito bem desenhados e carnudos, e de repente imaginou beijar aquela mulher, passar a língua pelos lábios dela como a vira fazer com o mendigo, apertar-lhe os seios (Clementine deu uma dentada no bolo), entregar o seu corpo, passar a língua pelo espaço entre os dentes (Clementine não tinha dois dentes da frente). Tristan imaginou tudo isso até se ruborizar e Clementine soltar uma gargalhada. Depois ficou muito séria, comeu o que restava do bolo, limpou a boca à manga, que ficou com um rasto branco de *chantilly*, pediu para Tristan fechar os olhos, ele obedeceu solenemente, depois foi a vez de ela fechar os olhos, entreabrir a boca. Aproximou a sua cara da de Tristan até ambos sentirem as respectivas respirações e, de repente, abriu os olhos, riu, passou a mão pelos cabelos dele e repetiu: Quando cresceres, dou-te um beijo na boca.

Gould tinha três pianos em casa, um de cauda e dois verticais. As janelas altas, de portadas brancas, deixavam que a luz se debruçasse sobre os pianos, como quem se apoia para ouvir uma canção. Talvez porque o ar daquele apartamento estava impregnado de música, a luz dava a sensação de se portar de maneira estranha, quase dançando através da sala e dos quartos e do corredor, hesitando, volteando, retrocedendo, avançando, rodopiando, parando.

Os cortinados das janelas, finos, transparentes e brancos, também dançavam. Tristan julgava ser da música, tinha a certeza disso, mas a mãe dissera-lhe uma vez:

— Não, Tristan, são as madeiras velhas e empenadas das molduras das janelas que deixam passar o vento.

Tristan ajoelhava-se para tentar perceber uma frincha, qualquer coisa que justificasse a explicação materna. A experiência empírica, sensorial, talvez corroborasse a explicação da mãe, mas a razão recusava-se a uma conclusão tão simples, tão óbvia. As pessoas não dançam porque os músculos e os ossos se movem, mas porque há uma música por detrás de tudo, a comandar tudo, uma vibração das cordas que constroem o Universo, uma melodia selvagem e ao mesmo tempo imponderável e delicada como uma velha aristocrata a beber chá a meio da tarde, sim, há uma melodia no cosmos, uma verdadeira constante cosmológica, uma vibração de cordas ou de supercordas, um dueto fantástico a tocar música infinita.

Por vezes, quando chovia, Gould era assolado por um sentimento de melancolia tão forte e arrebatador que tinha de se isolar no quarto, fechar as cortinas e manter-se horas numa obscuridade que o anestesiava um pouco. Mesmo assim, sentado na cama, com os braços à volta dos joelhos, o queixo entre as pernas, a baloiçar-se para trás e para a frente, parecia completamente louco. A primeira vez que o viu assim, Tristan susteve a respiração e observou, imóvel, o balançar do corpo do pai (para Tristan, aquela melancolia era uma mosca verde, lânguida e teimosa, que pousava sempre em cima do antebraço esquerdo do pai e esfregava as mãos como alguém que ganhou na roleta, linha ou número). Quando Gould levantou a cabeça, os cabelos caídos sobre a testa, os olhos negros, a cara suada, os braços queimados pelas beatas, Tristan saiu a correr. Duas horas depois, quando já não chovia, o pai, com traças a voar por cima da cabeça, encontrou-o a brincar com cavaleiros medievais de chumbo, perguntou-lhe se tinha lanchado e sentou-se em frente à televisão a ver luta greco-romana e a comer uma maçã. A certa altura, anunciou, com aquela barreira invisível que não o deixava dizer o que sentia:

— Vais ficar uns dias em casa do Isaac e da Tsilia, que eu tenho vários concertos em Londres. Amanhã, quando saíres da escola, vais diretamente para casa deles. Já te fiz a mala e já a levei para lá, tens o quarto de hóspedes à tua espera.

―

Tristan demorava cada vez mais a acordar. Quando se sentia mais ou menos desperto, ajudava a velha a sair da cama, pois ela costumava adormecer enroscada aos seus pés, como um cão. Tristan parecia cada vez mais velho, cada vez mais como a velhota, e, mesmo ao executar as tarefas mais simples, o corpo parecia hesitar constantemente, não sabia se devia ir para a frente ou para os lados ou para trás, vacilava, os seus passos não eram seguros.

Gould tomou o pequeno-almoço quase todo em silêncio, torradas, passa-me o leite, o café, silêncio, o doce, tens aqui *croissants*, silêncio. Duas ou três traças.

Quando Tristan se preparava para sair, o pai beijou-o na testa, disse-lhe que se portasse bem.

— Quanto tempo vais estar fora?
— Se correr tudo bem, pouco mais de um mês.
— E se correr mal?
— Um dia, uma semana, três meses, quem sabe? Se a mamã ligar, telefona-me imediatamente.

— Como é que eu sei se a mamã ligou se não vou estar cá em casa?

— Tens razão, não te preocupes com isso, eu próprio telefonarei para casa.

Nessa tarde, depois da escola, Tristan foi para casa de Dresner. Tsilia estava a pintar quando o rapaz chegou. Tristan suspirou e sentou-se no sofá. A sua morte, a velhota com a pele que parecia corda, sentou-se também, mesmo ao seu lado. Quase se tocavam.

A velha cruzou as mãos no colo. De vez em quando, inclinava a cabeça muito lentamente e pousava-a no ombro de Tristan, apenas uns segundos, endireitando-se outra vez.

Tristan perguntou a Dresner sobre a morte.

— Como assim, Tristan?

— Se a conhece, se sabe o que é, que tamanho tem, se nos faz mal...

Dresner passou a tarde a tentar explicar a Tristan a sua perspectiva sobre a vida e a morte e começou do início, verdadeiramente do início: contou-lhe como Deus criara o Universo.

— Na perspectiva de Luria, o Eterno encolheu-se, *tzimtzum*, reteve a respiração, *mezamzem*. Isso é o que fazemos quando temos de agir com precisão, com cuidado, quando não queremos acordar um bebé ou quando pegamos num passarinho que caiu do ninho. O Eterno encolheu-se para criar o espaço, porque antes estava em todo o lado. Depois teve de reter a respiração. Aliás, para viver é preciso reter a respiração, para depois vir à tona, voltar a reter a respiração como um mergulhador e imergir no mundo, experimentar o horror, vir à tona, reter a respiração. O segredo está na capacidade pulmonar. A vida é a retenção da respiração da alma. Inspira, mergulha, volta à superfície, é isso.

Tsilia foi buscar a caixa dos biscoitos e uma garrafa de leite.

— O Universo era um passarinho que caiu do ninho?

— Precisamente.

Dresner reteve a respiração, fechou os olhos e sorriu um daqueles sorrisos feitos de vento e de uma ingenuidade esquecida normalmente aos cinco ou seis anos e que aos poucos se vai transformando numa máscara mecânica de bem-estar.

Tristan enfiou na boca três biscoitos ao mesmo tempo. Disse:

— O Universo é um ninho sem passarinho.

— O quê? — perguntou Isaac Dresner.

— Perdão, não queria dizer o que disse, senhor Dresner, mas, como não tenho cabala nenhuma na alma, sai-me tudo trocado, quero dizer que sim e tropeço, quero dizer biscoito e bebo leite, quero sorrir e digo janela.

— Essas coisas estão certas, Tristan — disse Tsilia.

— Caímos quando dizemos que sim?

— Muitas vezes.

―

— Tão estranho — disse Tristan, apontando para o quadro que Tsilia pintava.
— É abstrato.
— Abstrato?
— Sim.
E pensou: Como a música. Como o amor. Como a matéria quando não tem forma. Como a água a escorrer. Como uma folha de carvalho vista de perto. Mas, mais importante ainda, como o passado, o presente e o futuro a posar para uma fotografia.
— Não se parece com nada.
— Não tem de se parecer com nada — disse ela enquanto passava a mão pelos cabelos ruivos de Tristan. — Os nossos cabelos despenteados também não se parecem com nada. Nem as nossas mãos em movimento. — Tsilia mexeu as mãos rapidamente à frente dos olhos de Tristan. — Estamos rodeados de coisas abstratas. Mas achamos que só as figuras paradas vale

a pena serem observadas e representadas. Estamos contaminados, Tristan.

— Contaminados por quê?

— Pela falta de mundo. A fatia fininha de fiambre a que chamamos realidade é isso mesmo, uma fatia fininha de fiambre. Que milagrosamente esconde um porco inteiro.

— Cá em casa não se come porco.

— Cá em casa não se come carne. Foi um pensamento abstrato. Quis dizer que, quando pintamos alguma coisa, pintamos uma fatia fininha. Mas ninguém nem nenhuma coisa é só isso. Não há nada que não seja a soma do que foi, do que é e do que será. Por isso, tento pintar um pouco mais do que a fatia fininha.

— Ao mesmo tempo?

— Sim, não há outro tempo.

— Posso comer um biscoito?

— Claro.

— E consegue-se?

— O quê?

— Pintar isso tudo?

— Sim, mas não se parece com as coisas que vemos. Porque a realidade não é o que vemos. É o que aparece num quadro como este.

— Isto é uma fotografia da realidade?

— Podemos dizer que sim.

— Onde é que aprendeu a pintar?

— Em todo o lado.

Tristan caminhou pela sala. A velha caminhava atrás dele. Tsilia parou de pintar para lavar um pincel. Tristan parou em frente a uma estatueta de Ísis que estava numa das prateleiras com livros. Reparou nas asas. A da esquerda tinha a ponta partida. Isaac Dresner comprara-a no *souq* da medina do Cairo, depois de beber chá preto com ervas e fumar um cigarro, depois de discutir o preço de duas ou três peças de artesanato de gosto muito duvidoso, reproduções de obras conhecidas ou que lembravam vagamente um achado arqueológico, papiros a imitar os antigos, pinturas a tentarem pertencer ao passado. Depois de regatear, acabou por trazer a estatueta de Ísis e um papiro com Toth e um livro de poemas atribuído a Tal Azizi, mas que era, na verdade, uma adaptação popular de poemas de Farid ud-Din Attar.

— Quem é?

— Ísis — disse Tsilia. — Na antiga cidade egípcia de Saís, havia uma inscrição que dizia: Sou tudo o que já foi, tudo o que é e tudo o que será.

— Posso comer outro biscoito?

— Claro.

— Mas não se percebe nada.

— De quê?

— Dos quadros.

— Tal como não se percebe nada de um biscoito mastigado, mas são os melhores. Os que não são mastigados não sabem a nada.

Relatório Gould

O homem de chapéu cinzento de pele de coelho rodava um disco na mão. Via a capa e a contracapa, lia o nome das músicas.
O diretor entrou e sentou-se.
— Que raio de música é esta?
— Qual, Sir?
— Isto que Gould toca.
— Bom, é *jazz*.
— Eu sei que é *jazz*, mas de que tipo?
— Já pôs a tocar?
— Já, por isso é que lhe faço esta pergunta. É inaudível. O que pretende esta gente com isto? Que não os ouçam? A arte é a maior estupidez humana. Serve para quê?
— Há quem goste, Sir.
— Sim, dá prazer a um grupo de atrasados mentais.
— Há quem pague muito dinheiro por ela.
— E isto?
— O quê?
— Estes nomes das músicas. O que é isto?
O diretor apontava para o primeiro tema.
— É o primeiro tema do disco, Sir, intitulado *Call me, Ishmael*.
— Eu sei ler — disse o diretor.
— Bom, foi o primeiro disco gravado por Erik Gould depois de Natasha Zimina ter desaparecido. Pelo que pude interpretar, a ideia pode ter a ver com respirar, com vir à tona, mas talvez haja uma explicação mais profunda, a de que a baleia branca peça ao seu caçador para lhe ligar, porque quer ser capturada.

— Uma baleia pede que lhe liguem? Para ser capturada?
— Neste livro, a baleia branca representa aquilo que mais se deseja, é a totalidade, preenche todos os pensamentos, é Deus.
— Qual livro?
— *Moby Dick*.
— Isso é um livro? Julgava que era um filme.
— Também há filmes, Sir. Baseados no livro. Melville foi um escr...
O diretor interrompeu-o:
— Então, a baleia é o que mais se deseja? Porquê?
— Não sei, Sir, mas é como se fosse Deus. Ishmael é um caçador de baleias. Creio que a ideia é que o cachalote, o objeto do desejo, quer ser apanhado, capturado, e pede a quem o persegue para lhe ligar.
— Telefonar a uma baleia?
— Isso tem a ver com Gould, ele passa o tempo a ligar a Natasha Zimina.
— Como assim? Ele sabe onde ela está?
— Não, Sir, mas, sempre que sai de casa, tem esperança de que ela tenha voltado, por isso, liga para casa na expectativa de que Natasha atenda o telefone.
— *Call me, Ishmael*?
— *Call me, Ishmael*, Sir.

—

Isaac Dresner estava sentado ao balcão da sua livraria, Humilhados & Ofendidos, quando um homem baixo, a quem chamavam o Grego, pouco mais de metro e cinquenta, óculos escuros, careca, ar soturno e de bigode preto com as pontas enceradas a apontar para o teto, entrou fazendo tocar a sineta por cima da porta. Dresner levantou o rosto, fixou o homem com um cumprimento displicente. O Grego fumava um cachimbo longo, com um fornilho pequeno, mas muito trabalhado. Aproximou-se do balcão e pousou um envelope.

Dresner pegou nele, arrumou-o na prateleira, assinou um cheque e entregou-lho.

— Quem é que envia estes envelopes?
— Não faço ideia, já lhe disse.
— Não tem sequer uma pista?
— Não. Ele telefona-me, combina um lugar, num banco de jardim ou isso, quando chego encontro o envelope, trago-lho e depois deixo o cheque noutro

lugar a combinar mais tarde, nunca o vejo. Incomoda-o não saber quem envia estes envelopes?
— Um pouco.
— Se o incomoda, deixe de os publicar.
— Não quero. Gosto do que ele escreve, são bons contos, e, na verdade, é o único autor que publico que vende. Todos os outros são de uma obscuridade tal que magoam qualquer departamento de vendas.
— Então, desista dos outros.
— Não posso.
— Porquê?
— Somos todos mitos e não pessoas vulgares, é uma pena que tenhamos esquecido todo este rol de histórias, pois elas indicar-nos-iam um caminho, um destino. Traço mapas com histórias obscuras, que iluminam becos, atalhos, lugares que ninguém se lembraria de percorrer. Os livros esquecidos, os autores ignorados são artífices do destino que subsiste debaixo da superfície.
— Acredita no destino?
— De certa maneira. Se tivesse aquilo a que Espinosa chamou a visão de Deus, então o destino seria evidente. Felizmente, fomos presenteados por algo muito mais valioso, que nos dá liberdade: a ignorância. Por ignorarmos o destino, temos a possibilidade de agir em liberdade, como se o destino não fosse um facto consumado.
— É estranho sermos livres graças à ignorância e que, de um dos mais torpes vícios, nasça uma das mais celebradas virtudes.
— É assim a vida, que quer que lhe diga?

— Não sei. Parece-me que não faz sentido.
— Constato como as coisas são, se fazem sentido ou não é algo que me transcende.
— Tem lume? O cachimbo apagou-se.
— Tenho.
— Enfim, não deixa de ser estranho. Talvez exista outra explicação.

O Grego riscou um fósforo e reacendeu o cachimbo dando várias baforadas rápidas e profundas. O ar ficou cheio de fumo.

— Talvez.
— Os livros todos que tem aí não explicam o assunto de uma forma mais coerente?
— Não, os livros não explicam nada.
— Então, porquê lê-los?
— Para ignorar mais. É assim que nos tornamos cada vez mais livres.

―

Tsilia lavou os pincéis debaixo da torneira da pia. Limpou a testa ao antebraço. Tinha as mãos enfaixadas com gaze, pois, sem saber porquê, de repente começavam a sangrar, a pingar sangue no chão. Sofria as chagas de Cristo. Ela, que nascera numa família de judeus ortodoxos, desde adolescente que inexplicavelmente sangrava da testa, das mãos, dos pés. Isso levou-a a ter de fugir da sua família. E isso, especialmente isso, fê-la encontrar uma nova maneira de pintar, sobrepondo camadas de interpretação, de pensamentos, de sangue, de coragem, de filosofia, de religião e de ciência, da mais pura ciência a que o Homem pode aspirar: a arte. Ou, pelo menos, aquilo a que ela chamava arte.

Olhou para Tristan.

Pensou:

Olho para o Tristan. É um menino infeliz. Mas invejo-lhe a doença. É possível invejar uma doença? Bem, a arte é um desvio da norma. Corrompe. Desfaz. A arte é uma doença da expressividade humana.

Acontece quando já não somos capazes de dizer o que sempre dissemos. De repente, sai um traço novo a abrir uma ferida na sociedade. No pensamento. Nas certezas. O facto de o Tristan ver emoções, de as poder agarrar, abraçar, pontapear, deixa-me invejosa. Às vezes também gostaria de dar banho aos meus sentimentos. Como faz o Tristan. Penteá-los. Levá-los a passear. Como caminhará a melancolia? Como é que a bondade cruza as pernas ao sentar-se? Nunca saberei. Um dia pergunto ao Tristan. Tristan, perguntarei, como é que a tua preguiça se descalça para se ir deitar? Tristan, como é que a tua timidez lava o rosto? Tristan, como é que a tua coragem olha para uma árvore a morrer?

Sentou-se ao lado de Tristan e ajudou-o com os trabalhos de Matemática.

Tristan interrompeu uma multiplicação, olhou para Tsilia, viu um homem junto dela, com um aspecto oriental que parecia salmodiar qualquer coisa. Tinha barba branca e andava de um lado para o outro, por vezes olhava para cima abrindo os braços com as palmas das mãos viradas para o teto da casa, depois debruçava-se sobre Tsilia, a respiração forte, depois voltava a endireitar-se e dava mais umas voltas.

— Não precisa de se preocupar comigo.

Tsilia encolheu os ombros, inspirou fundo, o homem já lá não estava.

— Como é ver o que tu vês? — perguntou ela.
— Normal.
— Não é bem normal.
— Para mim é.

— Sempre?
— Ultimamente vejo uma velha.
— Uma velha?
— Acho que é a minha morte.
— A tua morte? Achas que vais morrer?
— Gosto dela.
— Estás a vê-la agora?
Tristan olhou em volta. A velha espreitava da porta da sala.
— Sim.
Apontou com o queixo para a porta.
— Aqui em casa ninguém morre — disse Tsilia.
— Temos um ginásio de imortalidade. Vamos exercitando.
— Gosto dela, mas tenho medo.
— Acho perfeitamente normal. O Isaac acha que o contacto com a morte faz bem.
— Bem?
— Não é propriamente bem. É difícil explicar. Os monges costumam fazer isso. Recordarem-se da morte. É um exercício espiritual. Vamos todos morrer. Que sentido faz isto tudo? Percebes? Será que se o mundo fosse acabar dentro de dois minutos eu continuaria a fazer o que estou a fazer?
— Eu faria.
— Continuarias esta conversa?
— Sim.
— Pelo conteúdo ou pela companhia?
— Por tudo.
— Obrigada.
— Podemos deixar de ter medo?

— Não deve ser possível. Nem desejável.
— Não?
— Se não tivéssemos medo de nada, por que motivo não nos atiraríamos de um abismo qualquer?
— Não sei.
— Portanto, tens a tua morte sempre ao teu lado?
— Sim.
— Talvez um dia nos possas dizer qual é o sentido da vida.
— Eu sei o sentido da vida?
— Quando se está tão perto da morte, sim, temos de saber. Ela própria se encarrega de nos dizer. De segredar.

Tristan olhou para a velha que estava agora sentada mesmo ao seu lado, encostada. O rapaz fez um gesto com a cabeça, levantando um pouco o queixo e as sobrancelhas, como quem pergunta: então?

Tsilia reparou e sorriu.

Tristan suspirou, virou-se para a frente, endireitou as costas, antes de se debruçar sobre o caderno quadriculado e continuar a sua conta de multiplicar. Tsilia levantou-se sem dizer nada, dirigiu-se a uma escrivaninha de nogueira decorada com um anjo e uma lira, abriu uma gaveta, retirou um folheto. Ficou uns segundos parada, a meditar. Pousou o papel em cima da escrivaninha, olhou Tristan por cima do ombro e caminhou para a cozinha.

— Se precisares de mais ajuda com a Matemática, chama-me.

O rapaz observou Tsilia a afastar-se, as mãos a balouçar ao longo do corpo, ambas enfaixadas. A velha estava junto à escrivaninha, de costas para ela, tinha as mãos juntas, entrelaçadas à frente do corpo, e olhava obliquamente para cima.

Tristan levantou-se e aproximou-se dela. Olhou para o folheto pousado em cima da escrivaninha, levantou o pescoço para ler o título e tentar perceber de que se tratava. Era sobre um museu. A velha também estava curiosa, pousou as mãos no topo do móvel, pôs-se em bicos de pés, encostando o queixo à madeira da escrivaninha. Ao esticar-se, o vestido subiu um pouco, dois ou três centímetros, mostrando as barrigas das pernas sitiadas por varizes.

— O que é? — perguntou Tristan à sua morte. Pegou no folheto, desdobrou-o, voltou a dobrá-lo, leu num murmúrio: — Museu do Sentido da Vida. Há quem lhe chame o Museu da Arca de Cartão.

Tristan leu mais umas frases, mas desta vez em silêncio, e guardou o folheto no bolso das calças.

Gostava de ir a este museu, pensou. Será longe? Peço à Tsilia para me levar, levamos biscoitos e umas garrafas de leite.

À noite, já todos dormiam, Tristan abriu o folheto do museu. A velha estava enroscada aos pés da cama. Dormia e ressonava um pouco.

Tristan leu em silêncio:

"Um museu onde crianças com doenças terminais pegam em caixas de sapatos, uma caixa por criança, e dentro dessa caixa colocam os objetos mais importantes das suas vidas. A sinceridade e a noção do essencial que permeia a vida de uma criança é uma lição para qualquer adulto. O que uma criança decide colocar numa caixa para salvar da morte, como uma arca de cartão, é uma pista para o sentido da vida e para tudo o que devemos valorizar, ainda que a criança o faça através de objetos. E quais são os objetos escolhidos, os que as crianças querem preservar, salvar do tempo, da efemeridade? As escolhas variam, pode ser uma fotografia, um bilhete de cinema, uma flor seca, mas o que todas estas coisas nos dizem é que as crianças querem salvar as suas relações, os momentos de

partilha que mais as marcaram. Todos os objetos têm sempre qualquer relação com a amizade, com o amor, com a familiaridade, com a alegria de um..."
Tristan parou de ler.
Passou os dedos pelos olhos.
"... momento, com uma conquista pueril mas de significado, como o primeiro livro lido. Mas, mesmo nesta escolha, a relação com a partilha é óbvia: a criança não está só a sublinhar um livro de que gostou ou uma tarefa conquistada, mas a sugerir-nos uma leitura, uma maneira de ver e sentir aquilo que viu e sentiu quando o leu. Está a partilhar a sua alma, a deixá-la em objetos que possam ser experimentados e incorporados, mastigados, fundidos em outras almas. Está a sobreviver nos outros, a anular a metafísica e a corroborar uma espiritualidade absolutamente material: a dádiva e a troca que se realizam nas relações humanas".
Tristan levantou-se da cama, entreabriu a porta, olhou para o corredor, que estava escuro e silencioso. Percorreu-o descalço, cautelosamente e em bicos dos pés, para não fazer barulho. Entrou na cozinha. A luz da Lua entrava pela janela, dilacerada pelas persianas metálicas, e repousava nos móveis, no chão, mas sobretudo nos objetos metálicos. Tristan abriu uma gaveta, remexeu nos talheres e nas facas. Escolheu uma faca que lhe pareceu ser capaz de manejar. Equilibrou-a na mão, rodou-a. Pareceu-lhe bem, ajustada ao seu tamanho. Fez o caminho de volta ao quarto, parou diante da porta do quarto de Tsilia e Isaac Dresner, estava encostada. Ouviu a respiração pesada de Dresner e pôde distinguir também, ao focar a atenção,

a de Tsilia, que surgia numa camada anterior, como o barulho do mar debaixo dos gritos das crianças a brincarem na praia, dos cães a ladrarem. Levou a faca para o quarto, escondeu-a debaixo da cama, apagou a luz e adormeceu.

Relatório Gould

— E a infância dele?
— Normal.
— Normal?
— Sim.
— Quando começou a aprender piano?
— Estranhamente, Sir, nunca teve lições de piano.
— Como assim?
— Ouvia os discos que o pai punha a tocar, sobretudo de música clássica. Mas foram os *blues* que começaram a mexer com ele. Especialmente Memphis Slim. Um dia viu-o tocar ao vivo e foi como se tivesse compreendido tudo. Como se tudo o que o rodeava estivesse explicado pela maneira como os dedos de Memphis Slim tocavam as teclas. Em 1951, numa festa de escola, sentou-se ao piano e simplesmente tocou.
— Tocou, como?
— Tocou, Sir. Tocou como Memphis Slim. As pessoas ficaram em silêncio, tudo petrificado a ouvi-lo. Aliás, tocou melhor do que Memphis Slim, tocou notas que ainda ninguém tinha ouvido.
— Isso não é possível. O piano tem não sei quantas teclas...
— Oitenta e oito.
— Por isso, não pode haver notas num piano que nunca ninguém tenha ouvido.
— É o todo, Sir. O modo como uma nota aparece a seguir a outra. Parece que são duas coisas distintas, mas não são. Se eu tocar uma tecla, não é a mesma coisa que tocar uma sequência de notas.
— Evidentemente que não.

— Mas isso não é assim tão evidente, Sir. Num disco, ouvimos uma agulha a passar numa ranhura. Essa ranhura toca orquestras. Se nos fixarmos num momento dessa ranhura, temos um som. Não é o som de uma orquestra ou de um instrumento, é uma nota. Mas, ao ouvir o resto, tudo o que a agulha vai ler, ouvimos a orquestra, ouvimos o mundo inteiro se o tivermos gravado. O que importa é a sequência. Ou seja, dentro dessa sequência, Gould tocava algo que ainda não existia, orquestras que ainda não tinham sido ouvidas. Como sabe, Dizzy Gillespie, agastado com o sucesso que os brancos começaram a ter com o *jazz*, que era dos negros, tentou criar um estilo de música que...
— Que história é essa?
— Tentou criar uma música que só os negros fossem capazes de tocar, o *bebop*.
— E conseguiu?
— Não sei, Sir. Mas criou de facto uma revolução na música. Gould foi mais além.
— Mas Gould é branco...
— É.
— Então, Gillespie estava errado.
— Muito provavelmente. A música não deve ter a ver com a cor da pele. Mas, ainda a respeito disso, foi assim que nasceu o desejo do presidente Eisenhower de fazer este programa que estamos a trabalhar, o Jazz Ambassadors, não foi?
— Eisenhower queria que a ideia de americano mudasse, que não se limitasse aos carros compridos.

— Somos mais do que isso.
— Muito mais, mas tínhamos a fama de sermos racistas.
— Parece impossível.
— Lembro-me da conversa que tive com o senhor presidente, não foi fácil, imagine: usar a cultura como arma. Quem é que haveria de pensar em tal coisa?
— De facto.
— Mas Eisenhower aceitou bem a coisa, apesar de eu próprio não estar nada convencido, estava ali apenas para o informar, mas ele levou aquilo a sério e disse-me [o diretor levantou-se, muito direito e solene, imitando a voz de Eisenhower]: "É isso mesmo, senhor diretor, temos de mudar a imagem que o mundo tem de nós, vamos levar os nossos músicos para lá da Cortina de Ferro. O *jazz* é um produto americano. Se os soviéticos tocam aquelas músicas clássicas e eruditas e aborrecidas, levar-lhes-emos o *jazz*, que, além de ser americano, é negro. É uma boa maneira de mostrar ao mundo que não somos racistas".
— E não somos, Sir.
— Evidentemente que não. O programa é uma excelente forma de mostrar cultura, cultura nacional, ainda por cima sem nenhuma discriminação racial. Fiquei espantado por se poder fazer isso com uma coisa tão inútil como a música. Quem diria que a cultura poderia ser usada como uma bomba de hidrogénio?
— Só que não mata ninguém.

— Pelo contrário.
— Erik Gould tem outros atributos que nos interessam muito mais do que isto, que vão além da intenção inicial deste programa, e é por esse motivo que lhe mostro detalhadamente este relatório.
— Já tinha percebido.
— Evidentemente, Sir.

—

Quando Armstrong pisou a Lua pela primeira vez, Gould urinava na casa de banho do rés do chão do Hotel Infinity, que dava para o Soho. A chuva batia contra a pequena janela do urinol. *That's a small step for a man*, enquanto Gould sacudia meticulosamente o pénis antes de voltar a arrumá-lo nas cuecas de algodão branco. *One giant leap for mankind*. A Lua dos amantes nunca mais seria a mesma. A Lua por que Li Po se apaixonara, a Lua que o ladrão de Bashô deixara na janela fora pisada. Gould lavou as mãos e penteou o cabelo.

    Telefonou para casa.

    Ninguém atendeu.

    Não se lembrou de ligar para casa de Tsilia e Dresner para saber se estava tudo bem com Tristan.

    Telefonou outra vez para sua casa.

    Natasha Zimina não tinha voltado.

    Nesse dia, quando Tristan saiu da escola, Isaac Dresner estava à sua espera. Olhou para os pés do rapaz. Os sapatos estavam muito estragados. Não tinha reparado nisso antes. Como fora possível não ter reparado?

Caminharam uns metros e viraram numa rua à esquerda. Dresner, apesar de coxear, caminhava à mesma velocidade que Tristan, que, a cada dia, o fazia mais lentamente, mais dobrado, quase corcunda.

— Não é por aqui — disse Tristan.

— Vamos a uma sapataria — explicou Dresner. — Tens os sapatos num estado lastimável. Não sei como é que o teu pai te deixa andar assim.

Era uma loja grande, com muita variedade, escadas para chegar às prateleiras mais altas, um empregado muito antigo, de camisa branca.

— O que vais querer?

— Não sei.

Tristan pegou nuns sapatos de couro brancos e pretos, como os de Louis Prima.

— Gostas desses?

Tristan encolheu os ombros e voltou a colocar os sapatos na prateleira.

Ponderou comprar umas botas de meio cano, mas voltou aos sapatos como os de Louis Prima.

— Levo estes — disse ele.

— Vamos a pé para casa?

— Vamos.

— Não tens medo de que os sapatos novos te magoem os calcanhares?

— Não penso nisso.

— Talvez chegues a casa de calcanhares ilesos se fizeres como o Eterno, quando criou o mundo, e andares com cuidado, devagarinho, como quem deita um bebé.

— O senhor Dresner fala muito em Deus.

— Quanto é? — perguntou à senhora da caixa. — Ele está em todo o lado, é difícil evitá-Lo.

— Desculpe?

— Falava com o rapaz.

Tristan deixou cair os olhos no chão e disse:

— O papá não acredita em Deus.

Dresner, guardando o troco e o recibo:

— Eu também não.

— Posso ficar com a caixa de sapatos?

— Claro. Para que queres a caixa?

— Para uma coisa.

———

Ao chegarem a casa, sentaram-se na mesa da sala. Dresner pousou a bengala no chão, aos seus pés.
Tsilia estava sentada no sofá. A televisão estava ligada, mas ela não parecia ver absolutamente nada.
— Tens de estudar, Tristan? — perguntou Dresner.
— Não.
Dresner pousou alguns livros em cima da mesa. Abriu um deles.
— O que estás a ver?
Tsilia não respondeu.
— Não se pode desligar a televisão?
— Não, estou a ver o filme.
Tsilia levantou-se, parecia que ia desligá-la, mas aumentou o som. A morte de Tristan sentou-se no sofá e suspirou.
— *Casablanca* — disse Tristan.
— O quê? — perguntou Dresner.
— O filme.
— Sim, pois é.

Dresner ajeitou os óculos, folheou o livro que tinha aberto, molhou o dedo médio para passar duas ou três páginas, afastou um pouco o corpo para focar melhor.

— Ainda pensas na morte, Tristan?

O rapaz acenou com a cabeça.

— Medo?

Tristan fez que não com a cabeça.

— Não consegues explicar?

— Acho que gosto dela.

Dresner aproximou-se. Respirou fundo e fungou. Voltou os olhos para o livro que tinha aberto.

— Este é o *Sefer Yetzirah*, Tristan, é um coração platónico, é a descrição mais antiga que conheço da relação entre a estrela de seis pontas e o espaço tridimensional. Sei que isto não te diz nada, mas para mim, quando o meu avô Dovev me alertou para o facto, foi uma epifania, uma revelação. Nunca mais olhei para um livro, nem para a vida, usando apenas duas ou três dimensões, passei a ter por ferramenta um mecanismo pluridimensional, um artefacto mental que tentarei explicar-te como funciona. E talvez também tu te desmanches, como me aconteceu há tantos anos, e voltes a organizar-te de uma nova maneira, mais capaz de olhar para o mundo e de o ver como quem mergulha com um escafandro em direção ao interior dos objetos, dos corpos, das almas, da vontade. Conheces a estrela do nosso povo, Tristan?

Isaac Dresner desenhou uma estrela de seis pontas:

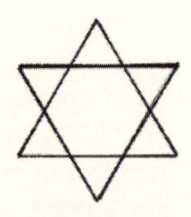

— As pessoas olham para ela como se tivesse apenas duas dimensões, mas repara, Tristan, é um sólido platónico, um octaedro.

Isaac Dresner fez mais uns desenhos:

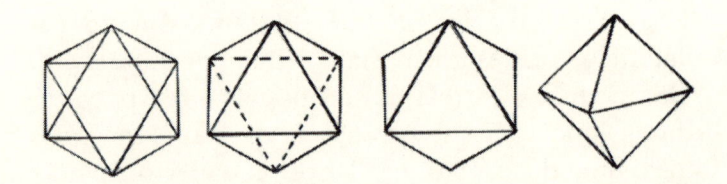

— Vês? É o coração do espaço, as suas dimensões. Quando olhas para uma coisa plana e lhe dás outras dimensões, descobres que não podemos ser tão finos como uma folha de papel, que há mais profundidade do que aquela que normalmente observamos. Ver, ver à volta das coisas, é um fato de mergulho, é um escafandro. Serve para mergulhar e respirar na profundidade. Julgas que vais morrer, Tristan, mas vais, um dia, apenas mudar radicalmente de perspectiva. Ninguém é tão fino que possa desaparecer. Tristan, deixa-me oferecer-te a perspectiva, que é isso que nos salva a todos. Foi Platão que ma deu a mim, era eu um rapaz da tua idade, vivia em casa dos Pearlman, a guerra ainda não tinha dado cabo de tudo. Um dia peguei num livro da biblioteca dessa casa e abri-o e, pela boca de Cebes, li que não passamos de uns alfaiates a fazer roupas, a vestir umas, a despir outras. Podes queimar o filme e destruir o Rick Blaine, mas o Bogart continua a beber *dry martinis*.

— E se matarmos o Bogart?

— O Bogart é ainda uma personagem de outro ator, com mais profundidade, que nós não vemos, não temos olhos capazes disso.

— E se esse morrer?

— Há atores até ao infinito. O importante é perceberes que aquele Blaine com duas dimensões é muito mais do que isso. Pega numa folha, Tristan, e desenha-me.

Tristan pegou numa folha e num lápis de Tsilia.

Começou a desenhar.

— Está pronto? Está parecido?

— Muito.

Dresner rasgou o desenho e atirou-o para o lixo.

— É isto, Tristan, podem deitar o desenho fora, é assim que morremos, mas não podemos confundir o desenho com a pessoa.

Dresner foi até à janela.

Debruçou-se, muito sério, até ficar com o rosto à altura do de Tristan.

— O passado e o futuro são uma ilusão, Tristan. Tudo é ao mesmo tempo. O que aconteceu há um dia está aqui e agora, o que aconteceu há um século também, o que eu irei comer amanhã *idem*, e o início do Universo está a suceder neste instante, bem como o seu final. Nascemos e morremos ao mesmo tempo e vivemos inúmeras vidas. Tudo num instante ou numa eternidade. O tempo não passa.

— Mas parece.

— Mas não passa. O tempo são três olhos e oito cotovelos, disse Dogen Zengi.

— Não sei se percebo.

— Eu também não percebo muito bem, mas sei que é assim. Apesar de todos os dias ter dúvidas, de me questionar, tremer, ranger os dentes, cerrar os punhos, beber *whisky*, ter medo. Sim, um medo terrível e insano de que, afinal, não seja assim, que Platão me tenha enganado, a mim, que era um miúdo quando ele falou comigo. Não se engana uma criança, pois não? E é essa falta de confiança, de fé, que me corrói e me obriga a sei lá o quê. Bom, desculpa, sei que isto é complicado...

— Como é que sabe?

— Como é que sei o quê?

— Que isso é mesmo assim, apesar de ter dúvidas.

Dresner aproximou a boca do ouvido de Tristan e murmurou:

— A Tsilia disse-me.

— Como é que ela sabe?

Ainda mais baixinho, ainda mais próximo do ouvido de Tristan:

— Ela sabe tudo.

Depois, a apontar para o céu que se via atrás da janela:

— Qualquer dia, também mudo de casa.

Tristan foi tirar do lixo o desenho que fizera. A velha olhou para ele pelo canto do olho, fingindo que estava concentrada no filme. Tsilia fez exatamente o mesmo gesto, numa sincronia perfeita.

O rapaz pôs o desenho na caixa de sapatos.

Relatório Gould

— Há ainda outro momento-chave na vida de Gould, Sir. Ele tinha um amigo negro. Um dia o amigo disse-lhe: Gostava de ser como tu, de ter as mesmas oportunidades. E Gould esforçou-se a vida toda por ser o melhor, para que o amigo pudesse ser como ele. Não adiantaria nada ser como ele se ele fosse medíocre, só valeria a pena se ele fosse o melhor. Gould fez o melhor que pôde e chegou ao topo.
— Acha que foi por isso?
— Acho que não. Ele é talentoso. Nós tentamos encontrar explicação para isso e por vezes arranjamos estes factos mais românticos.
— Portanto, não acredita neles?
— Em quê?
— Nesses factos mais românticos.
— Acredito, Sir. Gould funciona com amor, com romantismo, esse é o seu motor e é nisso que temos de trabalhar para o conquistar.

Tristan dormiu com a caixa de sapatos junto à cama. Quando acordou, não viu a velha e teve uma certa pena, um sentimento estranho, que identificou com uma espécie de solidão. Antes de tomar o pequeno--almoço, meditou sobre outros objetos para eventualmente pôr dentro da caixa que entregaria ao Museu do Sentido da Vida.

Talvez o beijo na boca que Clementine lhe prometera. Mas como encaixotar um beijo? Uma vez, ouvira o pai comentar com Isaac Dresner: Quando ela me beijou hoje, na rua, foi tão bom que mal cheguei a casa tive de me descalçar. Tristan também queria experimentar essa sensação. Talvez pudesse pôr os sapatos na caixa de cartão. Afinal, era essa sua função primária. Clementine dar-lhe-ia um beijo, um daqueles que tinha visto em filmes, que começam no pescoço, dão a volta, ficam confusos e caem na outra boca, e depois disso, ele, ao entrar em casa, teria vontade de se descalçar, de certeza que sim. Fá-lo-ia e poria os sapatos na caixa.

Olhou em volta. Procurou na mala. Tirou o atlas, era um bom livro para pôr na caixa, se por acaso coubesse. O mundo é demasiado grande para uma caixa de sapatos, pensou Tristan, mas era um bom objeto: continha no seu interior o lugar preciso onde se encontrava a sua mãe, ainda que fosse impossível apontá-lo. Tirou algumas roupas da mala, desdobrou-as, uma camiseta que o pai lhe comprara em Caracas e que dizia simplesmente Caracas, mas que deixara a mãe com ciúmes porque fora a única coisa que o pai trouxera dessa viagem. Era apenas uma *T-shirt*, mas era valiosa. Pôs as mãos nos bolsos, tirou a chave de casa, podia ser um bom objeto, o lar pode ser uma espécie de paraíso, a comida está acessível, estamos junto de quem amamos, a temperatura é amena, descansa-se, brinca-se. Mas Tristan sentia que a casa lhe fugia do corpo, que, mesmo quando se deitava para dormir, a casa já lá não estava e ele pairava num vazio imenso, como se estivesse só no meio do oceano.

Esse mesmo pensamento surgiu-lhe na boca antes de ter meditado sobre ele e disse-o em voz alta:

— Tenho falta de casa.

Perguntou a si próprio, encetando um diálogo consigo, Tristan com Tristan:

— Passas pouco tempo em casa, Tristan?

Hesitou:

— Não é isso, é uma coisa estranha, é como se estivesse sempre longe e quisesse voltar.

— A mim também me apetece voltar. Não sei para onde, mas apetece.

— Pois, é isso, voltar, voltar para casa, acho que é isso.

— Mas tu tens casa.
— Tenho, mas é isso, não consigo voltar.
— Não sabes a morada?
— Sei, é outra coisa.
Voltou a debruçar-se sobre a mala, não encontrou nada relevante. Se a velha estivesse ali, poderia ajudá-lo, pelo menos era nisso que Isaac Dresner acreditava, que a proximidade da morte dava perspectiva, dava sentido. É pela ferida que entra a luz, é pelo contacto com a escuridão que vislumbramos uma centelha qualquer, a luz de uma vela. Tristan sentou-se na cama, pousou a mão em cima do *Dicionário de sinónimos, poético e de epítetos*, que pertencera à mãe e que estava em cima da mesinha de cabeceira. Era um excelente candidato a entrar na caixa, tinha quase todas as palavras que eram precisas para dizer coisas bonitas. A mãe lia-o muitas vezes em voz alta (afouteza: ardimento, bravura, coração), dando voltas à mesa da sala (desagastamento: desenfado), parando uns momentos para fechar os olhos (efímero: diário) e inclinar a cabeça para cima num gesto suave (pucela: donzela), um gesto que Tristan por vezes fazia quando comia um gelado. Quem diria que umas palavras pudessem provocar na boca o mesmo que a baunilha e o pistácio?
Arrumou a caixa de sapatos debaixo da cama, junto à faca que trouxera da cozinha.

Mississípi, 1945

1

Erik Gould corria do horizonte até casa, Erik, Erik, Erik, ouvindo a mãe a gritar o seu nome, a voz da mãe era como um fio de pesca, Erik, Erik, Erik, o seu nome, e lá vinha ele do outro lado do mundo, Erik, Erik, Erik, onde havia música. O seu melhor amigo, Moses Williamson, corria ao lado dele, calças rotas, camisa branca, suspensórios. Do outro lado do horizonte, onde os carris da linha de ferro que unia Chicago a St. Louis se juntavam, onde as linhas paralelas se tocavam num beijo, havia o bar de J. C. Crewze, onde se ouvia *blues*. O bar chamava-se Ponto de Fuga (Vanishing Point). Gould trazia na cabeça a pentatónica menor e a *blue note*. A sua cabeça gritava aquela quinta bemol mas também as notas distorcidas, os *bendings* e uns versos de Tommy Johnson, da canção *Cool drink of water blues*: "I asked for water, she gave me gasoline". A luz da Lua cobria os campos. De dia tinham dentes-

-de-leão, e à noite sombras, a terra produz coisas diferentes ao longo do dia.

Erik, Erik, gritava a mãe do alpendre. Quando chegou, a arfar, dobrou o corpo do cansaço da corrida, as mãos apoiadas nos joelhos, e tentou recuperar o fôlego.

— Onde andavas?
— Estive com o Moses.
— O Williamson?
— Sim.
— Onde?

Erik apontou para o horizonte.

A mãe fez um gesto com o braço, Erik entrou em casa.

Estava tudo em silêncio. Menos na cabeça dele.

A quinta bemol, os *bendings*, os versos de Tommy Johnson.

O pai dormia com os pés em cima de um banco de madeira. Um jornal aberto cobria-lhe a barriga.

— Tens a comida na mesa.

Erik sentou-se, pegou num pedaço de pão e molhou-o no molho de feijão.

— Foste ao Ponto de Fuga?

Erik não respondeu.

— Se o teu pai sabe.

Erik levantou a cabeça e sorriu.

— O que é que vais lá fazer?

Erik apontou para as orelhas.

— Só se ouve música de pretos no bar do J. C. Crewze.

Sim, pensou Erik Gould, tenho ouvidos pretos,

tenho os dedos torcidos pela música do meu corpo, as cordas esticadas até não poderem mais, como gatos que se espreguiçam, e a quinta bemol que voa pela casa como uma borboleta negra, e enquanto pensava isto e ouvia a mãe, recitava ainda, mentalmente, *I asked for water, she gave me gasoline.*

Anos mais tarde, encontrou Tommy Johnson num bar, em Jackson. O *bluesman* estava sentado com a caixa da guitarra a seu lado. A mão esquerda, com dois anéis de prata, um com uma serpente e outro com uma esmeralda, agarrava o copo, enquanto a direita, com um cigarro entre o médio e o anelar, estava pousada numa garrafa quase vazia de *whisky*.

Erik Gould sentou-se à frente dele.

— Porque é que ela lhe levava gasolina?

— O quê? — perguntou Johnson, com a voz rouca.

— Gasolina. Quando lhe pedia água.

Johnson olhou para o miúdo de dezassete anos à sua frente.

— Estás a falar do *Cool drink of water blues*?

— Sim. Isso aconteceu mesmo?

— Pedir água?

— Sim, não num restaurante ou assim, mas a uma mulher, e ela trazer-lhe gasolina.

— Acontece-me sempre.

— É preciso ter muito azar com as mulheres.

— És músico?

— Sou.

— Tocas o quê?

— Piano.

— *Blues*?

— Também.
— Quando tocas piano, a que é que te sabem os *blues*? A água ou a gasolina?

2

Caçaram rãs e assaram-nas numa fogueira, espetadas em paus.
  Moses Williamson levantou-se, caminhou enquanto puxava as calças e ajeitava os suspensórios. Dirigiu--se para um monte de lixo. Erik Gould ficou a olhar para ele, sentado no chão, a cabeça inclinada para a esquerda, o gesto de levar uma perna de rã à boca interrompido. Williamson subiu para o monte de lixo e começou a remexer, atirando algumas coisas para os lados. Voltou para junto da fogueira com uma garrafa de Mateus Rosé vazia e um velho alguidar de latão.
  Sentou-se ao lado de Erik e recomeçou a comer a rã.
— Isso é para quê? — perguntou Erik, a apontar com a bota para o alguidar com a garrafa lá dentro.
— É para uma coisa. Já vais ver.
  Caminharam até à casa de Moses.
— Espera aí.
  Moses entrou na garagem e voltou com um bidão de gasolina. Encheu o alguidar com água, na torneira do alpendre.
  Acendeu um cigarro de barbas de milho.
  Abriu o bidão de gasolina.
— Não é boa ideia fumares ao pé disso — disse Gould.

Williamson encolheu os ombros.

Tirou um fio do bolso, cortou um pedaço com o canivete e mergulhou o fio dentro do bidão de gasolina. Com a outra mão, tirou o cigarro da boca, o fumo entrava-lhe nos olhos. Deu mais uma passa, antes de voltar a pôr o cigarro na boca, semicerrar o olho esquerdo por causa do fumo e tirar o fio de dentro do bidão. Pegou na garrafa de *bourbon*, atou o fio encharcado em gasolina à base do gargalo, tirou o Zippo do bolso e acendeu o fio.

Ficaram a ver aquilo a arder.

— É para quê? — perguntou Gould.

— Já vais ver.

Quando o fio se apagou, Williamson pegou na garrafa e mergulhou-a dentro do alguidar, na água fria. Tirou a garrafa, rodou-a, observando-a, bateu devagar com o gargalo na borda do alguidar, e este caiu com um estalido. Pegou no gargalo, soprou, estalou a língua.

— Perfeito.

— É para quê?

— Já vais ver. É um *bottleneck*.

Williamson entrou de novo na garagem e voltou com um pano para motores de carros e uma lixa. Limpou o gargalo e lixou a base. Passava os dedos com frequência no vidro para ver se já não cortava. Quando se sentiu satisfeito, olhou para Erik e sorriu.

— Já vais ver, Erik Gould.

Pousou o gargalo com cuidado no soalho do alpendre.

Levantou-se, ajeitou as calças, entrou dentro de casa.

Voltou com uma guitarra feita com uma caixa de charutos. Tinha apenas três cordas e não havia trastes no braço. Os carrilhões eram bocados de madeira tosca, esculpidos a canivete. O próprio braço era muito tosco. A caixa de ressonância, uma caixa de charutos, ainda tinha a marca dos havanos. Dizia Cohiba. Estávamos longe do tempo da Baía dos Porcos.

Williamson afinou a primeira corda, que estava quase meio-tom abaixo. Enfiou o gargalo no dedo médio esquerdo. Começou a tocar deslizando o gargalo pelas cordas.

Let me be your little dog 'till your big dog comes
When the big dog gets here,
Show him what this little puppy done.

Moses parou de tocar e olhou para Gould.

— Tens de vir comigo. Amanhã à noite, tornar-me-ei o maior *bluesman* de sempre.

— Como?

— Já vais ver, Erik Gould. Amanhã, às dez e meia da noite, encontramo-nos debaixo do carvalho na bifurcação norte.

NOTA SOBRE AS GARRAFAS DE MATEUS ROSÉ: Bob Brozman disse serem as garrafas mais apropriadas para o *slide*. O gargalo reto era perfeito para fazer *bottlenecks*. Existe ainda outro testemunho curioso sobre o mesmo vinho. Carlos Castaneda, que fez grande sucesso durante os anos 60, escreveu sobre um índio chamado Juan Matus. A sua mulher disse a certa altura que tudo fora uma invenção de Castaneda (como se as personagens de ficção não fossem tão reais como as outras) e que o nome do índio surgira porque bebiam *Mateus* ao jantar. O nome do vinho acabou por ser utilizado para batizar a personagem, apenas fazendo cair o *e*.

3

O amigo de Gould tocava harmónica, por vezes sem utilizar as mãos. Quando lhe perguntavam como o fazia, respondia: Tenho uma língua muito grande. Gould encontrou-o debaixo do carvalho, à hora combinada, de tronco nu, a dançar e a tocar harmónica diatónica.

Gould acompanhou-o, batendo com as palmas das mãos nas pernas, a tentar seguir o ritmo desconcertante de Moses Williamson. Erik olhou à volta: havia uma galinha com a cabeça enfiada debaixo da asa, uma garrafa de *bourbon*, malaguetas, refrigerante, uma faca enferrujada. Havia ali, de facto, material suficiente para tornar Moses o melhor *bluesman* de sempre.

O mais bonito dos *blues*, disse um dia Crippled Malone, é o facto de os músicos puxarem as notas e as fazerem oscilar. A nota tocada simplesmente como se oferecia não era interessante para eles. Era preciso transformar as notas, os sons, convertê-los à vontade do músico. Tratava-se de uma metáfora da sua atitude perante a vida. Puxar as notas até ao som que os músicos pretendiam, transformar a realidade, puxar-lhe as cordas, até soar bem e provocar a sensação-limite que os *blues* criam na alma humana. Ao puxar uma nota, é como se estendêssemos um conceito até ao abismo, até ao precipício, até a alma ser a vertigem colada ao som. O que Moses e Erik faziam ali era exatamente a mesma coisa, iam mudar a realidade, naquela encruzilhada fariam o destino mudar de caminho. Cortaram o pescoço da galinha, vazaram o sangue na terra, acenderam velas, invocaram Legbá, desfizeram a malagueta, cuspiram *bourbon* e refrigerante, puxaram as cordas do destino até à nota pretendida. Abraçaram-se no final. Porque foi mesmo o final.

Poderia ter sido uma situação dramática; o Ku Klux Klan, por exemplo, podia ter posto uma cruz a arder em frente à casa de Moses Williamson. Mas não. Foi algo tão absurdamente simples como tropeçar, cair, traumatismo craniano. Voltavam juntos para casa, depois de Moses ter convencido o destino e os deuses a fazerem dele o próximo Robert Johnson, quando Moses rodopiou de felicidade, torceu o pé, caiu para trás, estás bem?, perguntou-lhe Erik enquanto o ajudava a levantar-se, sim, um pouco tonto, deve ser do *bourbon*, precisas de te sentar?, estou bem.

Despediram-se à porta da casa de Moses.

Ele vomitou ao entrar em casa. É do *bourbon*, disse.

Moses Williamson pôs a tocar Albert King, agarrou na sua guitarra feita de uma caixa de charutos para imitar os solos desse guitarrista ("Everybody wants to go to Heaven / but nobody wants to die").

E adormeceu.

Para sempre.

A candeia que iluminava a casa provocou um incêndio.

Acordaram Gould a meio da noite, quando se aperceberam do fogo, disseram-lhe que era na casa do seu melhor amigo. Erik correu para ajudar a apagar o incêndio, mas debalde, era tarde demais. Quando regressou a casa, sentou-se ao piano e tocou as notas do fogo a crepitar. Uma por uma.

A mulher de Lot foi transformada numa estátua de sal. Ou melhor, numa estátua de lágrimas. Olhar para a destruição do nosso passado faz-nos sofrer. A maior parte das lágrimas são de pedra, mas escorrem por momentos, apenas para conseguirem fugir de dentro do corpo, porque não aguentam mais viver ali. O corpo é uma espécie de Egito, onde o faraó governa através do medo e da compulsão. E as lágrimas são pedras que fogem pelos olhos. Tristan, mesmo evitando olhar para o seu egito interior, não evitava que umas pedras empreendessem um êxodo pela sua cara, escorrendo pela sua infância. Acontecia mais de manhã, antes de encontrar alguém, quando ainda vinha da solidão do sono. Na mesa da cozinha, havia pão e sumo de laranja e leite e biscoitos.

Tsilia deu-lhe um beijo na testa. Sorriu (um sorriso bonito, Tristan via-o claramente: era um menino da sua idade, com calções de alças decorados com um veado no peito, e que dançava lentamente). Tristan olhou para os sapatos. Não, não tinha vontade de os descalçar, não era um beijo como aquele que o pai comentara com Isaac Dresner, portanto teria de esperar por outra coisa mais redentora, tempestuosa, ou, usando o *Dicionário de sinónimos, poético e de epítetos*, remidora, borrascosa.

Sentou-se à mesa da cozinha, com a toalha branca, e começou a comer, sentado meio de lado na cadeira para a velha caber. A morte ficava de costas voltadas para ele, encostada ao seu braço direito, a olhar para o infinito, como costumava fazer. Coçou o olho esquerdo duas ou três vezes.

— Onde está a mala da minha maquilhagem? — perguntou Tsilia.
— Não sei — respondeu Isaac.
— Não a tiraste da casa de banho?
— Por que motivo havia de tirar a tua mala da maquilhagem da casa de banho?
— Não sei. Também desapareceu uma faca da cozinha.

Entraram na sala onde Tristan estava sentado na mesa de jantar, o queixo apoiado nas mãos.

— Talvez não te lembres — insistia Tsilia.
— Não tenho qualquer interesse na tua maquilhagem.
— Foi passear, estava farta de estar na casa de banho? Os milagres acontecem, Isaac, mas costumam ser mais espetaculares, do género andar sobre as águas e curar leprosos, não fazer desaparecer batom e rímel.
— Fui eu — disse Tristan, baixando a cabeça.
— Porquê? — perguntou Tsilia, cruzando os braços.

— Queria ter uma morte bonita.

Sim, pensou Tsilia, quem é que quer uma morte feia, branca dos lençóis de um hospital ou com as feridas que a solidão nos provoca no corpo com o único objetivo, desesperado, de que através dessas feridas nos toquem por dentro, naquilo que nos é mais íntimo? Sim, todos queremos uma morte bonita. Tsilia perguntou:

— Querias pintar-lhe os lábios e os olhos?
— Sim, mas é uma parvoíce.

A velha estava ao lado de Tristan, invisível para todos exceto para ele. As pálpebras azuladas, as pestanas cheias de rímel, a cara esbranquiçada e cor-de--rosa do pó de arroz. Os lábios, esborratados de um vermelho que alastrava quase até ao nariz, entreabertos.

— Porquê? — perguntou Tsilia. — Não vejo parvoíce nisso.

— Se queremos pôr os outros de maneira diferente, é porque não gostamos deles assim. É um insulto.

— Quem te disse isso?
— O papá, uma vez.
— Eu não penso assim. O mundo precisa que lhe pintem os olhos. Temos esse dever.
— E se o mundo não quiser os olhos pintados?

A velha olhou para Tristan, o rímel começava a escorrer-lhe pelo rosto.

— Prendemo-lo a uma cadeira e torturamo-lo com beleza — disse Tsilia.
— É possível?
— É tudo o que nos resta.

———

A primeira coisa que o Escritor costumava fazer ao acordar era vestir umas calças, caminhar até à cozinha, ligar a máquina de café, pôr os grãos moídos no filtro, verificar o nível da água, carregar no botão e esperar. Depois, com ambas as mãos, para sentir o calor, pegava na chávena decorada com a Torre Eiffel e ia para a varanda. Gostava de se sentar a beber café enquanto olhava para a paisagem que se projetava da sua varanda do primeiro andar.

O Escritor pousou a chávena no parapeito, tirou um cigarro do bolso das calças, acendeu-o com um isqueiro de prata, usando a mão esquerda em concha para impedir que o vento apagasse a chama. O Escritor dizia que não era ele quem escrevia, que não era ele o autor, que era um escravo da inspiração, que a sua mão se mexia comandada por uma força estranha à sua vontade, que aquelas histórias não lhe pertenciam. Era um processo extremamente doloroso, em que ele servia apenas de veículo. Muitos escritores sentem exatamente a mesma coisa e garantem que a inspiração lhes escorre pelos braços, pelo corpo, pela cabeça, num processo mágico em que a escrita parece contornar a consciência para ser algo que sai dos dedos, como a tinta sai das pontas das canetas. E tudo isto é acompanhado de uma dor imensa, como um parto, com sangue e com suor. Com o Escritor, era exatamente isso que se passava. Era literalmente isso que se passava.

Depois de apagar o cigarro, o Escritor pegou no seu bloco, pegou na sua caneta de tinta preta e serviu--se de um *whisky*, que bebeu de um trago. De seguida, abriu a porta que dava acesso à cave — era nessa altura que costumava começar a ouvir gritos — e desceu as escadas de madeira, fazendo-as ranger como se se sentissem esmagadas. Na penumbra, apenas ligeiramente iluminada pela porta aberta ao cimo das escadas, estava a inspiração do Escritor, uma das muitas vozes que ouvia para escrever os seus textos. Estava acorrentada à parede, juntamente com mais outras duas vozes. A primeira, a que ficava mais perto das escadas, era um homem de meia-idade, de bigode. As outras duas eram mulheres: uma de trinta e seis anos, corpulenta, e uma mulher ruiva.

O homem de meia-idade era bancário. Tinha menos um olho, o esquerdo, que antes fora tão azul. Agora era um buraco cheio de sangue. Não tinha dedos nos pés nem unhas nas mãos. A mulher de trinta e seis anos, corpulenta, tinha pregos enterrados no corpo. A outra tinha cabelos ruivos. As três vozes estavam nuas. O Escritor puxou um banco, tirou mais um cigarro, acendeu-o, mandando calar as vozes com o seu braço esquerdo. A mulher ruiva continuava a soluçar. O Escritor levantou-se, abriu o bloco na última página escrita e leu em voz alta:

> De repente, uns óculos caem no chão de mosaicos brancos e pretos. Um homem com sapatos da cor dos mosaicos baixa-se para os apanhar. A manhã entra pela janela como se fosse luz e reflete-se na testa do homem, distrai-se, espalha-se e percorre outros caminhos.
> O homem põe os óculos, ajeita-os, passa as mãos pelos cabelos, apoia os cotovelos na mesa.
> O filho está à sua frente, de lágrimas nos olhos. O pai senta-se e bate com as mãos na mesa, assustando a criança. O sol atravessa a janela, atravessa a sala, atravessa a cozinha, reflete-se nos pratos, estica os braços até tocar todos os talheres, todas as mobílias, até agarrar todos os guardanapos, todos os vidros, todas as roupas, lenços, camisas, casacos, todos os penteados, todos os lábios, todas as respirações. A luz agarra tudo. O homem levanta-se devagar e bate na mesa com os punhos. A mulher levanta-se também, mas fica atrás, dois passos atrás. O rapaz repete que é o Messias, e os pais voltam a assustar-se.

— Foi isto que conseguimos ontem — disse o Escritor. — Hoje temos de fazer melhor.

A ideia de obter ficção através da tortura surgira--lhe há cinco anos, quando começara a trabalhar na agência. A pressão e os prazos apertados obrigavam a que surgissem ideias. É assim que nasce a inspiração. Um dia, pensou que poderia fazer que esses prazos fossem muito mais prementes e eficazes: se as pessoas tivessem não a ameaça de despedimento ou de perder uma conta, mas sim a pressão da própria morte. A inspiração teria de surgir com mais rapidez, e com melhores resultados, se as suas vidas estivessem em risco. Então, o Escritor tomou a decisão de empregar essa técnica tão usada na agência e de se dedicar à literatura e à produção desta através da tortura e da pressão que a morte iminente provoca. Pois se é possível extrair a verdade através da tortura, se é possível, ao infligir noutro ser humano um grande sofrimento, fazê-lo contar aquilo que mais quer esconder, também será possível fazer o inverso, ou seja: através da tortura, extrair a ficção, a fantasia — aquilo a que o inquisidor normal chamaria mentira, mas a que um escritor chama ficção, matéria romanesca, criatividade.

O Escritor partia uma perna a uma das suas vozes e soltava-se uma borboleta. Se pegasse numa barra de ferro para partir uma rótula, dali surgia uma floresta africana. Arrancava unhas e pousavam-lhe pássaros nos ombros. A cada fragmento de dor infligida, surgiam frases, parágrafos, capítulos, contos inteiros, finais felizes, finais dramáticos. A sua primeira experiência foi com duas mulheres que um dia lhe bateram à porta, numa tentativa de evangelização. O Escritor prendeu-as, disse-lhes que as matava se não lhe contassem uma história de grande valor literário. As mulheres disseram-lhe que não percebiam nada de literatura. O Escritor encostou uma faca ao pescoço de uma delas, que, imediatamente, começou a falar, a contar uma história. Foram as suas duas primeiras vozes, responsáveis pelo seu primeiro conto: *O paraíso dos leões e das ovelhas*. Era um bom conto, apesar de alguma ingenuidade e imaturidade típicas de uma primeira obra. O Escritor pôde confirmar, através dessa primeira experiência, que a morte era, enquanto ameaça, a maior fonte de inspiração. E percebeu também que a tortura deveria ser prolongada ao máximo, pois melhorava a qualidade do processo.

O Escritor apagou o cigarro num pequeno prato de porcelana.

— Portanto, temos isto: uma criança que diz ser o Messias. Julgo que iremos continuar pedindo ajuda a esta nossa colega. — O Escritor apontava para a mulher ruiva.

Os outros dois, tanto o bancário como a mulher trintona, soltaram umas lágrimas, provavelmente de alívio por não terem sido escolhidos em primeiro lugar. O homem de meia-idade via tudo nublado, resultado da febre que o fazia delirar e tremer.

O Escritor levantou-se, aproximou-se da mulher ruiva (que ininterruptamente repetia a palavra não: não, não, não, não, não, não, não, não) e, pisando-lhe o pé direito, bateu-lhe com a palma da mão aberta na cana do nariz. A mulher que dizia "não" ininterruptamente, enquanto abraçava o próprio corpo como se estivesse com frio, tombou para trás e bateu com a cabeça na parede. Não perdeu os sentidos, mas soluçava. O Escritor pediu-lhe que continuasse a história, explicou-lhe que tinha alguma pressão do editor, alguma pressão da crítica, que tinha contas para pagar. A mulher continuava a soluçar e parecia não conseguir respirar, sentia-se debaixo de água. O Escritor levantou a mão direita para lhe bater novamente, mas interrompeu o movimento porque a mulher de trinta e seis anos começou a falar. O Escritor pensou: Trabalho de grupo. Funciona sempre e é muito mais eficaz. Se a inspiração não sai da dor de um, sai da dor de alguém próximo.

A mulher de trinta e seis anos continuou a história da criança que dizia ser o Messias, enquanto o Escritor escrevia:

> A criança sente-se sozinha, como só o Messias se pode sentir. Está num lugar tão alto que ninguém consegue chegar perto. É um alpinista que subiu ao lugar mais alto, muito depois de acabar a montanha. Está num sítio inacessível. Insiste que é o Messias. O pai diz para o filho parar imediatamente. A mãe tenta outro tipo de abordagem. Diz-lhe que, se ele for o Messias, comece nesse momento a voar. Se o fizer, provará que tem razão e todos acreditarão nele. O menino não olha para a mãe. Olha para a janela. Parece impotente. O pai ri-se e depois grita que já chega de loucuras. O menino insiste que é o Messias. O pai levanta um braço para lhe dar um estalo. A mãe põe-se entre o marido e o filho e diz para o menino ir para a cama. A criança retira-se para o quarto enquanto os pais ficam a discutir, na cozinha, quem seria o culpado pelo carácter extravagante da criança.

Culpam-se aos berros, atirando responsabilidades um ao outro como facas. Atrás deles, há uma grande janela que dá para um bosque. Enquanto discutem, de costas para essa janela, o menino voa atravessando a paisagem.

— Muito bem — disse o Escritor. — Não está mal. Contudo, acho que podemos continuar.

O Escritor deu dois passos em direção à mulher ruiva. Acendeu o seu isqueiro e aproximou-o da cara dela. A mulher começou a falar enquanto o Escritor escrevia:

Mas rapidamente se cansa e cai do céu. Morre quando bate no asfalto, numa reta entre montanhas, junto a uma bomba de gasolina.

— Porque é que ele cai? — perguntou o Escritor.
— Não é o Messias?
— Por isso mesmo — respondeu a mulher ruiva —, tem de haver sacrifício.
— Sacrifício? Gosto disso. Continua.
— Ele voa sem parar, quer mostrar a toda a gente quem é. Mas ninguém olha para cima, os homens já não sabem olhar para cima e reparar que as crianças ainda podem voar. A criança está cansada. Não está cansada fisicamente, mas tem o espírito exausto. Então cai.
— Compreendo — disse o Escritor.

A mulher ruiva acrescentou ainda:
— As crianças é que são o Messias.

E a mulher de trinta e seis anos concordou:
— A criança caiu como todos nós: tornou-se adulta.
O bancário apertava as mãos e contraía os lábios. Queria dizer alguma coisa, mas faltavam-lhe as palavras.
O Escritor olhou para o seu novo conto. Decidiu não incluir as últimas frases, que explicavam a queda. Estava contente com o resultado daquela manhã, estava contente com a palavra final: "gasolina". Fechou o bloco, aproximou-se do homem de meia-idade e enfiou-lhe um saco de plástico na cabeça. Atou-o com uma corda e subiu as escadas, que rangeram como se aplaudissem. Sentou-se à sua secretária, ficou por momentos a olhar para o bosque do outro lado da janela, mas depressa interrompeu aquele instante de contemplação: precisava de bater o conto à máquina e de o enviar ao seu editor, Isaac Dresner, se possível ainda nesse mesmo dia, pois tinha contas para pagar.
Quando terminou, pôs o chapéu cinzento na cabeça e saiu de casa.

―

— Senhor Dresner, hoje sonhei com Deus.
— Verdade?
— Sim.
— Viste-Lhe a cara? Dizem que é impossível que isso aconteça sem que morramos.
— Vi a cara, sim. Muito perto, com todos os detalhes.
— Não é possível, Tristan. Moisés morreu com um beijo, nunca um rosto humano esteve tão próximo do divino, mas é o que diz a tradição: os beijos fazem isso, fazem com que o Homem se aproxime de Adonai, disse o rabi Eliezer. Sempre que damos um beijo a quem amamos, estamos a beijar o Eterno. Portanto, sonhaste com a cara d'Ele?
— Sim.
— Vamos fazer um retrato-robô.
— Como os da Polícia, quando querem apanhar um assassino perigoso?
— Desses.

Dresner abriu a escrivaninha, tirou algumas folhas brancas, um lápis, uma afiadeira, uma borracha. Pôs os óculos, sentou-se, fechou os olhos, murmurou qualquer coisa inaudível, arrepiou-se, deixou tombar a cabeça.

— Está tudo bem, senhor Dresner?
— Sim, está tudo bem. Vamos começar. Como era o formato da cara?
— Assim.

Tristan desenhou uma forma no ar, com o indicador direito.

Dresner desenhou essa oval.

— Mais redondo.
— Mais redondo?
— Sim.
— E os olhos?
— Pequenos e castanhos.
— Tinha barba?
— Não. Aqui não tinha cabelo. As sobrancelhas eram finas. Os dentes eram grandes e as gengivas apareciam muito, assim — Tristan fazia um esgar e levantava o lábio superior —, quando se ria.
— Calma. Talvez seja melhor seres tu a desenhar. Até porque tenho de sair.
— Vou tentar.

—

Isaac Dresner percorreu meia cidade até chegar à zona onde a decadência está mais presente, ou é mais visível. Entrou num prostíbulo.

Quem abriu a porta foi um costa-marfinense chamado Eduard, sempre com um cigarro enfiado nos dentes, entre o canino e os incisivos, e que vestia sempre fato branco e gravata vermelha e dizia *puta merda* em vez de *bom dia* ou *adeus*.

Se Tristan estivesse ali, provavelmente veria gritos espetados nas paredes, orgasmos espalhados no chão, a tristeza que sobra depois do coito (*post coitum omne animal triste est*, diria Clementine) a servir de tapete. Mas, como Tristan não estava ali, Isaac Dresner sentia apenas uma espécie de desolação que lhe preenchia o corpo, como se tivesse ido ao alfaiate mandar fazer uma dor por medida, uma aflição que lhe ficasse bem nos ombros, na cintura, com as bainhas perfeitas a cair em cima de uns sapatos de couro castanho e branco.

O papel de parede tinha flores, dizia ilusoriamente que naquele lugar só existia Primavera, uma Primavera que desistira de crescer e apodrecera intacta na parede, para sempre, florida para sempre, sem futuro. Dresner sentou-se numa cadeira de veludo grená, pousou as mãos entre as pernas, parecia um rapaz tímido e nervoso. De facto, abanava as pernas de nervosismo, mais a direita, a que coxeava. Olhou para o relógio de pulso duas vezes. Madame Mireille, cento e trinta e dois quilos, aproximou-se, vestida com um robe de seda decorado com borboletas tropicais, e inclinou-se sobre Dresner, deixando o seu perfume de canela florir pelo ar, abriu a boca perfeita, uma pequena fissura de lábios desenhados a música de harpa que rasgavam a carne luzidia e gorda de um rosto esfericamente platónico, e, com um hálito quente, sussurrou:

— Quer que chame a Arlette?

Dresner acenou com a cabeça: sim, queria ver Arlette.

Madame Mireille afastou a pequena boca perfeita da orelha de Dresner, sorriu e abriu um pouco o roupão, destapando a mama esquerda. Ajeitou o cabelo encaracolado e tingido de louro.

— Você é daqueles que só vêm falar, não é?

Dresner olhou para ela sem dizer nada. Madame Mireille afastou-se, abriu a cortina que separava o salão de um corredor e desapareceu no escuro.

Arlette chegou a espreguiçar-se. Os cabelos desalinhados.

— Acompanhe-me.

———

Dresner entrou no quarto de Arlette, que começou a lavar-se no bidé, a camisa de noite creme arregaçada. O chapinhar da água preenchia o quarto juntamente com a canção romântica que gemia pungentemente como contralto de ópera, uma melodia já com mais de dez anos, cujo tema inspirado em estereótipos de romances de cordel falava de amores proibidos entre um príncipe do deserto saudita e uma aristocrata de Gales, culminando em casamento num oásis com tâmaras "dulcíssimas de maduras" e óleos exóticos com cheiro a sândalo e a canela, tudo banhado por um intenso e omnipresente luar, acrescido de milhares de estrelas fixas e cadentes. Arlette levantou-se, tirou uma toalha branca do pequeno cabide de ferro que se posicionava como um soldado ao lado do bidé, "estrelas várias iluminavam o amor", e limpou o sexo, olhou para a toalha, "o amor vence todos os obstáculos", voltou a limpar o sexo, voltou a olhar para a toalha antes de a recolocar no cabide de ferro e puxar a camisa para baixo, "viveram na eterna bem-aventurança da paixão". As unhas dos pés estavam pintadas de vermelho.

— Os homens que me frequentam — disse Arlette — custam a sair.

Riu-se.

O corpo dela cheirava agora a sabão, mas não disfarçava o odor intenso a uma certa solidão que lhe dava um ar quase etéreo, de quem vive acima do lodo do quotidiano e que é conquistada através de um distanciamento entre a sua pele e os homens que se lhe deitam em cima e a consomem. Transformava tudo em pedra, em objetos inanimados, que por milagre se mexem como pessoas e gemem como se sofressem.

Dresner, sentado numa magnífica cadeira novecentista de madeira trabalhada, com estofo de veludo e cornucópias doiradas, olhava para as unhas da mão direita com a dignidade de um monarca. Levantou a cabeça com uma expressão austera:

— Que canção é essa?
— A que estava a cantar?
— Sim.
— É uma canção antiga, de amor.
— É bonita.
— É, não é?

―

Isaac Dresner entrou no prédio onde ficava a sua casa, subiu as escadas de pedra do primeiro andar, coxeando, batendo com a ponta do pé nos degraus a cada passo, gestos que davam a sensação de serem ao mesmo tempo receosos e estranhamente precisos, pernas que se mexiam como uma gazela em pânico, mas sem deixarem de ser absoluta e minuciosamente maquinais. Ao chegar ao patamar do primeiro piso, fechou os olhos, respirou fundo, caminhou até ao segundo lance de escadas e recomeçou a subida. O cesto que levava na mão direita tinha um quilo de maçãs e um livro antigo, de Andronikos, além de um novo envelope com mais material do escritor anónimo.

A luz que entrava pela janela do patamar do primeiro andar batia-lhe agora nas costas, fazendo ondular a fazenda do casaco às riscas castanhas e verdes. Os sapatos, velhos mas impecavelmente engraxados, eram desesperadamente silenciosos, como areia da praia.

O chapéu, usava-o enterrado na cabeça.
A bengala tinha um leão no cabo.
As sobrancelhas pousavam-lhe nos olhos.
A mão direita segurava o corrimão de madeira, com a tinta verde a estalar.
A mão esquerda segurava o cesto. Era artesanato magrebino, feito por uma berbere de olhos azuis e com um sinal por cima do lábio, que Isaac Dresner conhecera em Marraquexe, numa noite de Agosto, debaixo do que no dia seguinte seria a sombra de uma palmeira.
Respirou fundo mais uma vez. Tirou a chave, introduziu-a na fechadura, fê-la rodar com solenidade, deixando soar cada volta como se ouvisse ópera, as voltas a coincidirem com as batidas preguiçosas do seu coração. Abriu a porta para se deparar com a penumbra da casa, o chão de tacos, os gessos nas paredes e quadros por todo o lado, encostados, pendurados, deitados.
Sempre achou estranho que a arte se pudesse deitar, como se precisasse de dormir, mas Tsilia tratava os quadros como seres vivos e, se não estava contente com eles, punha-os a dormir e esperava que a gentileza do sono lhes criasse uma espécie de compreensão e eles próprios, ao acordarem para a vertical, pedissem ou anelassem exatamente aquilo que lhes faltava.
O ar cheirava a terebentina e aguarrás. Isaac aproximou-se da mulher.
Tsilia pensava:
No outro dia, Isaac cheirava a água-de-colónia de mulher. Hoje cheira outra vez. Também cheira a álcool. Por onde andará? Não tenho ciúmes, não me importo que se deite com outras pessoas. Eu faria o mesmo. Se

tivesse paciência para isso. Mas fazer sexo dá muito trabalho. Quando conhecemos bem alguém, é mais fácil. Dirigimos as nossas línguas para os recantos certos. Pousamos os olhos nas melhores partes. Sem medo de nos ferirmos nas rugas. Com desconhecidos, andamos relativamente perdidos. Sem mapa. Somos turistas. Não habitamos aquelas pessoas. Estamos de passagem. Não sabemos se a rua por onde andamos é perigosa. Quando habitamos uma pessoa, conhecemos as ruas todas. Não nos perdemos. Não, não tenho paciência para fornicar. Não tenho mapas para me orientar na geografia de um estranho. Não tenho ciúmes de que o Isaac se deite com outras pessoas. O que me incomoda é que ande a escondê-lo. Ele nunca o fez. Temos uma relação cimentada na liberdade. Entendemo-nos. Por onde andas, Isaac?

Mas, em vez de esperar que Isaac respondesse à pergunta que não chegou a formular, disse:

— Fazes-me um chá?
— De quê?
— Preto.
— O Tristan?
— Dorme.

Isaac Dresner serviu o chá a Tsilia, serviu-se de um *brandy*, abriu o envelope do escritor anónimo e leu a história em voz alta. Tsilia fingia que não ouvia.

— O Messias ser uma criança — disse Dresner.
— Nunca tinha pensado nisso e, no entanto, durante a Pessach, o mais velho, o mais sábio deve ser interrogado por uma criança. Sempre tive ali uma pista. Na verdade, é como o Tristan, ao sentir a proximidade da

morte... Levamos uma vida inteira a tentar perceber o que já sabíamos quando crianças.

A pintora fez um esgar, desvalorizando a conclusão.

— Gosto deste escritor.

— Eu não.

Ao virar-se, Isaac assustou-se com um vulto que se recortava na porta da sala.

—

A mãe do homem do chapéu cinzento, com os passinhos curtos, foi até à cozinha, pôs água a ferver. Os sons de dor do outro lado da porta punham-na indisposta. Seriam almas penadas?, perguntava-se enquanto os óculos ficavam embaciados pelo vapor da água que começava a ferver. Desligou o fogão, deitou água no bule e pôs chá dentro do filtro de metal. Bocejou. Tirou os óculos, limpou-os à saia, levantando-a e mostrando a cinta cor de pele. O homem do chapéu cinzento estava na sala, os pés pousados na mesa baixa onde se empilhavam revistas. Acendeu um charuto.

A mãe sentou-se à frente dele a beber o chá.
— Ouço vozes vindas da porta que dá para a cave.
— Vozes?
— Sim, abafadas, como se viessem dos infernos, de longe.

O homem do chapéu cinzento levantou-se, pousou o charuto no cinzeiro, deu dois passos, inclinou-se sobre a mãe, afagou-lhe os cabelos.

A senhora começou a soluçar.
— O que será aquilo?
— Tem tomado os calmantes?
— Tenho.
— Ótimo.
— O que será aquilo?
— Uma impressão, mamã.
— Impressão, como?
— Talvez seja o vento.
— O vento?
— A passar pela frincha da porta.
— E de onde viria esse vento? Da cave?
— As madeiras estão velhas, deixam passar a chuva, o vento, tudo.
— E uma vez ouvi arranharem a porta.
— Que loucura!
— Sim, unhas a escavarem a madeira.
— Que imaginação prodigiosa, mamã. Não herdei esses genes.
— Porque não abres a porta e vais ver do que se trata?
— Quer que abra a porta?
— Quero que vejas o que se passa.

O homem pegou-lhe na mão, ajudou-a a levantar-se e levou-a até à porta. Tirou as chaves do bolso.

Silêncio.

Apenas um ou outro soluço da mamã.

O homem inclinou-se, sorriu para ela, fez chocalhar as chaves.

A senhora aproximou-se muito devagar, encostou a cabeça à porta. Talvez tivesse ouvido alguma coisa, pois afastou-se de repente.

O homem disse:

— Vou abrir, mamã, não há nada ali, exceto velharias, garrafas velhas, talvez o vento a passar pelos gargalos, estas casas deixam entrar tudo, são, como dizer, porosas...

A mulher ficou parada a olhar para a porta. Uma sombra passou pela frincha, ela sentiu um calafrio.

— Não, deixa estar.

Agarrou o braço dele com força.

— Ou talvez sejam gatos — disse a mamã.

— Temos gatos?

— Podem ter entrado.

— Sim, estas casas velhas deixam entrar tudo.

— Sim, são... como é que se diz?

— Porosas.

―

— Não consegues dormir? — perguntou Isaac Dresner.
— Não — respondeu Tristan.
— Sabes como se chama a tua doença?
— Sinestesia. Uma espécie de sinestesia.
— Sim, é isso.
O álcool deixava Dresner particularmente amargo.
— Conheço vários casos clínicos como esse, a Natureza é pródiga em esmagar tudo o que encontra, em confundir, em acometer contra a felicidade, contra tudo, a Natureza devia ser terraplanada e cimentada, a Natureza é responsável pela maldade e, pior, pelo amor. A malícia maquiavélica da Natureza não tem paralelo, inventa doenças com o zelo profissional do mais abjeto tecnocrata. Vejamos: há pessoas que são alérgicas a comida, acontece de um momento para o outro e morrem de um momento para o outro, chama-se gastroenterite eosinofílica, há outras que envelhecem rapidamente e aos treze anos são octogenárias, progeria, há quem seja alérgico a exercício,

angioedema, há quem ache que já morreu, síndrome de Cotard, há pessoas que têm cheiro a peixe e hálito de peixe, trimetilaminúria, pessoas que se coçam o tempo todo, há outras que são simplesmente pessoas, e se calhar isso é o mais pernicioso do mundo, de todas as galáxias conhecidas e desconhecidas, o facto de sermos pessoas. A doença parece-me uma teimosia, alguma coisa que insiste num comportamento idiota, ainda que um ou outro medicamento a tente fazer ver a razão, sabendo que é inútil prosseguir numa demanda tão ignara, que só poderá acabar na destruição do hospedeiro e consequente aniquilação do parasita. O problema do mal é ser autofágico, senão isto acabava mais rápido, o mal chegaria ao triunfo absoluto num ápice, nem dava para contar até três, mas o mal é tão mau que lhe é impossível ser bom para si mesmo, perdoa-me a contradição. O mal está sempre a correr atrás da cauda. Mas, no fundo, é isso que o Homem faz ao planeta. Felizmente existe o vinho tinto, e podemos ir vivendo. Vai um copo? Não? É aviltante que este Universo esteja tão malfeito que até o mal tem falhas e lacunas graves.

— Não sei se percebi, senhor Dresner.
— Não me chames Dresner.
— Não?
— Chama-me edidnaC.
— Muito bem, senhor Edidnac.
— Já olhaste pela janela, Tristan?
— Acho que sim.
— O que viste?
— A rua.

— Não é a rua, Tristan, é uma construção humana para que a maldade se possa passear, fumar um cigarro à esquina, envenenar crianças, corromper adolescentes loiras, espetar facas nos intestinos e puxá-los como uma corda de sino, atirar bombas de hidrogénio como se fossem pedras, comer os restos dos bifes de lombo que os anafados de anéis de ouro atiram para o lixo, disparar esmolas contra os mendigos, andar com as virilhas a cheirar a queijo. A rua permite tudo, Tristan, é a veia por onde escorre o muco humano, as fezes da Terra, a única doença que merece esse nome, estes bocados de barro que são capazes de mentir, de gostar de futebol e de queimar cientistas. Por isso, pergunto-te: já olhaste pela janela?

Tristan caminhou até à varanda, afastou as cortinas e encostou o nariz ao vidro da janela da sala. A sua respiração fez embaciar o vidro num círculo em frente à boca.

— Não vejo nada disso, senhor Dresner.
— edidnaC.
— Senhor Edidnac.

Tristan deitou-se, tirou a caixa de sapatos de debaixo da cama. Deparou-se com a faca. Pegou nela.
Levantou-se devagar e espreitou pela porta. Silêncio. Estavam a dormir.
Deu os primeiros passos no corredor, estacou em frente da porta de Isaac e Tsilia. Continuou em frente. Entrou na cozinha, a escuridão cobria quase tudo, apenas a ténue luz de um candeeiro de rua lutava heroicamente contra as trevas. Tristan tropeçou. Derrubou um copo de *brandy* esquecido por Dresner e ao tentar apanhá-lo cortou-se na mão direita. O vulto de Tsilia surgiu na porta e a luz acendeu-se. Tristan tentou esconder a faca debaixo da roupa.
— Não era preciso, Tristan.
— O quê?
— Pegares na faca para desfazeres os teus sapatos. Foi um plano demasiado elaborado para um resultado tão simples.
— Tive vergonha.

— Tiveste vergonha de pedir uma caixa de sapatos?
— Não pensei nisso. Pensei que para ter uma caixa de sapatos teria de comprar uns.
— E foste atacar os teus sapatos velhos com a minha faca de cozinha? Bastava teres pedido. Eu ou o Isaac teríamos o maior prazer em dar-te uma caixa de cartão. Ou uns sapatos novos com a respectiva caixa, se assim preferisses. Ao menos tens feito bom uso dela?
— Acho que sim.
— Já descobriste o sentido da vida?
— Acho que não.
— Quando se sente a morte tão perto, sabe-se imediatamente qual é o sentido da vida, com toda a claridade, nitidez, exactidão e absoluta certeza.

A velha estava realmente perto, estava de braço dado com Tristan.

— Sim, já falámos sobre isso — disse Tristan.
— Gostas dela e tens medo. Tudo ao mesmo tempo, não é?
— Acho que sim. É confuso.
— O que pões na caixa não te ajuda a perceber o que realmente importa?
— Talvez.
— O contacto com o mal pode ser redentor.
— Redentor?
— Sim. Pode salvar.
— Podemos ir ao museu?
— Podemos.
— É longe?
— Não. Vais gostar. E também vais chorar. Vais ler, ouvir, ver tudo aquilo que realmente importa nas nos-

sas vidas. Vai estar tudo ali exposto. Sem segredos. Sem complicações. Um espaço aberto para a luz. Bilhetes de cinema. Fotografias. Berlindes. Livros. Cabelos. Desenhos. Carrinhos de lata. Receitas. Faturas. Poemas. Vais chorar, Tristan, e vais perceber que o que terás posto na tua caixa é feito da mesma matéria de tudo aquilo que está dentro de todas as outras caixas do museu. Andamos todos a tentar perceber o significado disto. Do cosmos. Do tempo. Da felicidade. Escrevemos livros sobre isso. Pintamos quadros sobre isso. Matamo-nos uns aos outros. Gastamos fortunas. Roubamos. São as nossas tentativas. E são também os nossos desastres. Bastava perguntar a um rapaz como tu. Bastava olhar para dentro da tua caixa de cartão. Iremos ao museu, Tristan. Em breve.

No dia seguinte, depois da escola, Tristan foi visitar Clementine. Andava cada vez mais devagar porque tinha de esperar pela sua morte, que caminhava com muita dificuldade.

Foi ao bairro dos piolhosos, como lhe chamava Clementine, depois de ter passado pela pastelaria e comprado a caixa de bolos com creme com o dinheiro que poupava abstendo-se diariamente do lanche.

Instruído por Clementine, Tristan deveria sentar-se com cada um dos sem-abrigo do bairro, com os pedintes, os drogados, as putas, e sem qualquer traço de magnanimidade, pelo contrário, com natural descontração, como se fosse um amigo de longa data, dar a cada um deles um bolo com creme. Deveria, antes de prodigalizar a oferta, falar com eles, sobretudo ouvi-los e conceder-lhes umas palavras, dessas que ele aprendia no *Dicionário de sinónimos, poético e de epítetos*, e somente depois, e de forma casual, oferecer-lhes um bolo.

Tristan cumpria as ordens de Clementine com solenidade.
— Enrola-me um cigarro, meu príncipe.
Tristan queimava o haxixe com um isqueiro, depois desfazia-o com os dedos misturando-o com tabaco. Enrolava a mortalha com os dedinhos finos, mas com perícia e rapidez, selando o processo depois de, com a ponta da língua, lamber o papel. Punha o cigarro na boca, acendia-o sem engolir o fumo, pegava nele com o indicador e o médio da mão direita e depositava-o gentilmente nos lábios flácidos de Clementine.
— Obrigada, meu príncipe.
Clementine travou o fumo e fechou os olhos, recostada numa senhorinha azul abandonada enquanto tirava os sapatos com os pés e os atirava para longe, num gesto de enfado. Então, encostou a cabeça para trás e as pernas abriram-se como cortinas, a boca entreaberta a soprar o fumo para o ar.
— Queres uma passa, meu príncipe?
Tristan recusava sempre:
— Obrigado. Hoje não.
Tristan, muito sério:
— Acho que vou morrer.
— Quem não vai?
— Não sei, mas sinto a morte tão perto.
Clementine encheu os pulmões e falava agora com a voz muito fina, só com a garganta:
— Meu pobre príncipe. Eu também, eu também.
— Está aqui.
— Quem?
— A minha morte.

— *Homo natus de muliere.* — Olhou para ele. — *Brevi vivens tempore repletus multis miseriis*, és um rapaz muito especial, meu príncipe.
— Sim?
— Sim.
— Achas que estou crescido o suficiente?
— Crescido, meu príncipe?
— Sim, disseste uma vez que estava a ficar velho, que me curvava como um velho, que andava como um velho, que cheirava a velho.
— Pareces um velho, realmente, meu príncipe.
— Prometeste que, quando eu fosse crescido, me beijavas.
— É verdade.
— Não quero morrer sem experimentar um beijo.
— De certeza?
— De certeza, um beijo da *madame*, com a sua tez sobre-excelente.
— Onde é que aprendeste isso?
— No *Dicionário de sinónimos, poético e de epítetos*.

Fechou os olhos à espera de um beijo, mas, quando voltou a abri-los, Clementine não estava à sua frente, caminhava pelo parque sem se voltar. Tristan via uma figura ao lado dela, era um homem com fato azul, riscas finas e brancas, que olhou por cima do ombro e cuspiu. Era o nojo da doença, das pessoas esquisitas, das pessoas que veem a morte perto delas. Clementine tinha nojo de beijar um rapaz assim, um rapaz esquisito, pensou Tristan.

Mesmo assim, ao chegar a casa, pegou na caixa de sapatos e pôs lá dentro uma beata de Clementine.

Já tinha um desenho amachucado, uma fotografia da mãe, uma traça que morrera em cima de um dos pianos do pai, o *Dicionário de sinónimos, poético e de epítetos* (o atlas era demasiado grande) e, agora, uma beata apagada por um sapato de salto alto.

Arrumou a caixa debaixo da cama.

———

Tristan estava efetivamente mais velho, mais corcunda, mais profundo, mais confuso, mais magro. Saiu cedo para ir à escola. Acompanhava-o uma tristeza muito fina, alta, casaco de peles preto, saltos altos, meias escuras a saírem de uma saia de seda. Contrastava com a velhota trôpega que andava lentamente, como se pesasse o mesmo que um elefante africano. Deram uma volta ao quarteirão, os carros enchiam a avenida de velocidade, quando, de repente, a surpresa lhe apareceu mesmo à frente: gorda (mais gorda do que Clementine), mas ágil. Era Monique, uma menina de tranças a quem Tristan gostava de sorrir e que desapareceu num instante, para dar lugar à ansiedade que vinha junto da professora, com um sorriso de carinho na cara. Na sala de aula, Tristan sentou-se na parte esquerda da cadeira para que a velha se sentasse encostada a si, do lado direito.

No intervalo, Monique perguntou-lhe: O que tens feito? E ele disse-lhe que andava por aí. Ainda queres ser cardiologista? Quero, disse ele. Queria consertar corações, como um dia ouvira o pai dizer. Ou, como havia sugerido Tsilia, oftalmologista, que não é uma má profissão, serve para corrigir a diferença entre o que vemos com os olhos abertos e o que vemos com os olhos fechados, e entre uma e outra coisa há uma doença inexplicável que é a realidade. Temos de acabar com isso.

A velha riu-se com este pensamento. Tristan nunca a vira rir.

———

O Escritor pendurou o chapéu cinzento no cabide da entrada. Desceu para a cave.

Entreteve-se a torturar a mulher de trinta e seis anos usando pregos e martelos, e a mulher dizia, entre esgares de dor e esguichos de sangue: Cobríamos a casa de fantasmas, sentávamo-los nos sofás e nas cadeiras do século XVIII, estampávamo-los nos cortinados de cornucópias e...

— E o quê?

— E...

O Escritor pegou no martelo.

— ... franjas verdes, pisávamo-los como tapetes, vestíamos os seus vestígios, os restos que deixavam em nós, eram isso os fantasmas, restos das pessoas que amámos, e a nossa casa ficava assim, repleta de assombrações modernas e antigas, densas e subtis. Tínhamos um protocolo com a memória, tínhamos assinado, juntamente com a dádiva da vida, o compromisso de carregar os mortos no nosso corpo, nos móveis da casa, nas paredes e na luz esmaecida dos candeeiros de estanho e de cobre, e cumpríamos esse contrato com um rigor e uma ética absolutamente notáveis, a ponto de, tantas vezes, chorarmos sem qualquer razão aparente.

— Muito bem, muito bem.

A mulher suspirou.

— É interessante que tenha sobrevivido ao campo de Majdanek, senhora Czajka, e acabe aqui numa cave, nesta maravilhosa e milagrosa oficina de escrita. É este o trabalho do escritor, congregar personagens na sua própria cabeça, ou numa cave, e obrigá-las a falar, a contar uma história. Não é fácil. Em relação à realidade, o escritor tem muito trabalho: quando descreve um mundo tem de o explicar, ao passo que Deus nunca explicou nada. E a senhora passa o dia sentada, é alimentada convenientemente, é-lhe distribuída uma dose certa de dor para que aprecie a vida. Não é mau, pois não? Nas suas próprias palavras, é como vir à tona. Sei que os escritores são uns ladrões, roubam à realidade, roubam à ficção, estão sempre a roubar, mas, neste caso, sinto que é uma troca comercial honesta, vou transformando dor em literatura, mas nunca ninguém disse que escrever um livro não magoa. Adiante, senhora Czajka. Vejamos o que tenho aqui dessa altura em que esteve em Majdanek:

Foi violada pelo seu pai. Os soldados obrigaram-no. Um dos seus irmãos foi obrigado a violar a mãe. Passo a citá-la: "Toda a família assistiu. Obrigaram-nos a bater palmas. E, depois disso, obrigaram-nos a sobreviver [...]. A vida é um pequeno intervalo na nossa morte. Ela precisa de vir à tona respirar, como uma baleia, e aí acontece a vida. Imagine a sua morte como uma baleia. Cada respiração é uma das suas vidas. Terá várias ao longo da sua morte. É exatamente como uma baleia. Os soldados corriam para a morte das crianças como pais a correr para os filhos, mas para disparar a morte em todas as direções, em vez de rebuçados e beijos e abraços. Corriam, a neve saltava sob as suas passadas, nós tremíamos a olhar para eles, ainda estávamos à tona, ainda estávamos à tona, e depois a neve escurecia-se de vermelho, tingida pelos gritos que saíam das nossas bocas mudas. Despi-me para encontrar os olhos da morte, não queria que ela me visse com roupa de prisioneira, não queria dar-lhe essa satisfação. Tinha sete anos e despi-me na neve para me encontrar com a morte. Temos de nos arranjar para os encontros definitivos. A Rebecca, juro que é verdade, sacudia o pó da roupa, e a Marija tentava limpar uma nódoa, e a Katarina penteava os cabelos ralos. Queríamos estar bonitas nesse momento, com aqueles homens todos a correr na nossa direção. Eu despi-me, ainda estava à tona. O mundo pode ser muito perverso, não pode? Depois, tivemos de mergulhar, já não respirávamos, morríamos, para nos deixarem de novo vir à tona, como baleias".

— Gosto disto, senhora Czajka, de os soldados correrem para vocês, de estarem nuas à espera deles,

como se fosse um encontro romântico, é tenebroso, as pessoas gostam disso, querem ver intestinos de fora. Isso dá estatuto, a bondade é que é uma merda que ninguém preza, é um barro difícil de moldar sem se parecer sentimental. O que acha? Está bom ou é melhor partir-lhe uma perna?
Virou-se para a ruiva.
— O que acha? Há mais memórias da senhora Czajka:

"O esguio Judah comeu o pai. Andava há dois dias a roer a madeira da camarata. O mal entranha-se e passa a ser uma espécie de fome, essa necessidade de comer seres vivos, a fome, seja ela qual for, é já uma antecâmara para o mal absoluto. O Judah chorava e comia, gritava e comia, batia com a cabeça no chão e comia. A Lia seguia de mão dada com a mãe para o campo de concentração. A minha irmãzinha, pensava ela. Nunca mais voltaria a vê-la. A um recém-nascido, atiraram-no da janela. Nas provas de seleção, o Antón teve de fazer flexões para provar que estava bem. Suava, tremia, era demasiado magro, estava demasiado fraco, tinha doze anos, era um garoto, não passava de uma criança. Mas passou, ficou eufórico. Correu para o irmão e abraçou-o de felicidade, cada momento era uma conquista. O irmão retribuiu o abraço, contente com a sua vitória. Nunca imaginou, entre as gargalhadas, que ele não tinha passado e que seria levado para as câmaras de gás. Em Majdanek, o Antón tocava violino como quem se mantém à tona de água, no meio dos destroços humanos, dos ossos e do fumo que se desprendia dos corpos, ele tocava e era como se respirasse, como uma baleia que vem à tona. Toca com toda a tua tristeza, diziam-lhe. As notas do violino passavam pelos esqueletos de fatos às riscas. As riscas eram como as linhas das pautas, tocavam aqueles corpos e, nesses momentos grotescos, montavam uma melodia maravilhosa. O resultado era tão aberrante que havia quem implorasse para que o Antón pousasse o violino. Ou então que fizesse o instrumento gritar, passando o arco com violência pelas cordas, que compusesse a melodia do lugar, que as suas notas fossem súplicas e berros de agonia e lágrimas de sangue e ratos a chiar e fome a roer os corpos e frio a pisar os ossos. Mas ele continuava a tocar uma bela melodia, porque era assim que deveria ser, o contraste era tão grande que só daquele modo se poderia mostrar o horror com toda a exatidão, através do contraste com a beleza. Como quem mergulha em água gelada depois de um banho de vapores quentes. Ou como uma baleia que vem à tona respirar".

— Muito bem. Não está mal, pois não?
O Escritor virou-se outra vez, mais uma vez, para a ruiva.
— O que acha, Natasha Zimina?

— Sonhei que o Tristan morria — disse Isaac.
— Sim? — perguntou Tsilia, da casa de banho.
— O Tristan corria pelos campos e escondia-se atrás das árvores.
— Jogava às escondidas?
— Sim.
— Só isso?
— Jogava às escondidas até nos vencer. Ninguém o verá nesse esconderijo que ele há-de encontrar.
— Não digas disparates. A única coisa que morre neste mundo é a perspectiva. Por deixarmos de ver uma coisa, não quer dizer que ela tenha deixado de existir. Isso é tão arrogante, tão sobranceiro, achar que a existência de tudo depende de nós o testemunharmos. Não somos as únicas coisas a fazê-lo.

Tsilia deixou cair os braços de enfado.

— O que se passa? — perguntou Dresner.
— O Tristan perguntou-me ontem se o Eterno existe. Não o vês?, perguntei-lhe eu. Ele disse que

não. Mas contou-me que toda a gente tem um cordão. Como assim, Tristan? Um cordão que é como um fio de marioneta, Tristan? E ele disse-me que não, que era como um cordão umbilical. Liga toda a gente ao céu, sai do umbigo e liga-nos ao céu. E para que serve, Tristan? Serve para nos alimentarmos? Para falar com Ele como se falássemos ao telefone? Serve para o usarmos para trepar até ao céu? Serve para quê, Tristan? E ele respondeu-me: Serve para o cortarmos.

Dresner coxeou até à cozinha. Aqueceu o leite. Fez café. Fez torradas. Tristan sentou-se à mesa, ainda de pijama.

Dresner serviu-lhe uma chávena de leite.

Tristan soprou.

Bebeu um gole, pousou a chávena. Ia começar a falar, precisava de saber mais coisas sobre a morte, abriu a boca, disse o nome de Dresner, foi interrompido.

— Agora não, Tristan, vou ter de sair, que tenho um compromisso muito importante. Volto ao fim da tarde. Pode ser nessa altura?

Tristan não respondeu. Não gostava muito dos finais de tarde, o pôr do sol cheirava-lhe a mofo.

A janela do quarto dava para o Inverno. Nevava lá fora, mas o papel de parede continuava a florir. Arlette acendeu um cigarro e olhou para Dresner, sentado na cama, cujo colchão de molas gemia a cada gesto, por mais subtil que fosse, as mãos entre as pernas, que tremiam de nervosismo. E o colchão gania como um cão espancado, e a neve batia na janela, e Arlette soprava o fumo do cigarro tão devagar que obrigava quem a olhava a fechar os olhos. Tinha uma camisa vestida, mas estava nua da cintura para baixo. Tinha ancas largas e pernas muito magras e arqueadas, pés delgados e compridos, que mostravam os tendões mesmo quando estava relaxada. A pele era escura e cheirava a sabonete, os cabelos ainda estavam molhados do banho, com vestígios de champô de alfazema. Subiu para cima da cama, apagou o cigarro no cinzeiro de porcelana verde da mesinha de cabeceira, pôs-se atrás de Dresner e pousou as mãos nos ombros dele.

— Uma massagem? — perguntou com um sotaque oriental que ainda continha recordações do Bósforo e do mar de Marmara, das tardes passadas a comer pistácios e a fumar narguilé, dos dias iluminados pelo chamamento do muezim, das manhãs que cheiravam ao cardamomo que temperava o café.

— Não, obrigado.

Dresner fixava a trajetória de um percevejo que saíra de debaixo da cama e se dirigia para as flores da parede. Não conseguia deixar de observar o inseto, que parecia tão seguro dos seus objetivos que parecia saber tão bem para onde ia. Se perguntassem ao percevejo o sentido da vida, este apontaria para a Primavera da parede, para o que se escreve em papel, tal como Dresner apontaria para os livros da sua biblioteca. Dresner levantou o pé direito, o que coxeava por causa do peso da cabeça do seu melhor amigo, e tentou pisar o percevejo.

Falhou.

— Deixa estar — disse Arlette —, há muitos.

Sim, há muitos, pensou Dresner, deve ser o que Adonai pensa de nós, há muitos, e nós andamos atrás de Primaveras de papel, a tentar fugir dos sapatos.

— Sim, há muitos — confirmou ele.

— A casa é antiga.

— Sim, a casa é antiga.

— Fazemos como da outra vez então?

— Sim, como da outra vez.

Dresner tirou a carteira e pousou duas notas na mesinha de cabeceira.

— Quer que continue a contar-lhe a história de Jesus Cristo?
— Sim.
— Íamos na Galileia?
— No Rio Jordão.

Tsilia estava no estúdio a pintar, pensava:
Tenho sensações. Dão-me cabo dos nervos, as sensações. Todas remetidas no corpo. Parecem uma multidão de sangue a preparar uma revolução. Depois, percebo que é apenas uma dor qualquer, insignificante. Então, pego no pincel e pinto isso, o nada. O nada é o que resta de uma dor que se torna insignificante. Pego no pincel. Pinto. Dizem-me que é um traço vermelho. Que disparate. É um traço invisível. Sinto o cheiro a *aftershave* do Isaac. Ouço os passos dele no soalho. Encosta a cabeça ao meu ombro. Pousa as mãos nas minhas ancas. Acabou de chegar da rua. Não me viro. Continuo a desenhar traços invisíveis. Ele diz que me ama, assim, que me ama. Cheira a álcool. Cheira a colónia de mulher. Insiste em dizer que me ama. Gosto de o ouvir dizer isso. São traços que os outros pintam nas nossas telas. Poderia dizer que as luzes se apagaram. Mas fui eu que fechei os olhos. O que vai dar no mesmo.

Levanto a saia para que me acaricie. Deixo cair o pincel.

— Podes deitar-te com quem quiseres — disse Tsilia.

— Eu sei — respondeu Isaac.

— Não gosto que finjas que não o fazes.

— Mas se não o faço...

(Dresner cometera adultério apenas uma vez na vida. Estava numa paragem de autocarro quando uma mulher com roupa oriental se colou a si lendo um livro de poemas de Hafiz. A mão estava pintada com hena, desenhando uma espécie de trepadeira negra que subia pelo anelar e desaparecia debaixo do vestido. Dresner olhou para o decote dela e sentiu um inequívoco apelo religioso, de devoção, adoração e milagre. Os seus olhos, pousados no peito da mulher oriental (seria turca?), tinham-se embrulhado na carne dela, na que o decote permitia ver, evidentemente, e quando chegou o autocarro não foi capaz de se mexer. Quando ela passou junto dele, a mama esquerda tocou-lhe no braço, foi só um segundo, talvez menos, talvez um século, mas foi a única vez que Dresner foi infiel a Tsilia. Apenas um segundo, o peito desconhecido a tocar levemente o seu braço.)

— Chegas a casa a cheirar a mulher. E a álcool.

— Compreendo. É uma longa história.

— Tenho tempo. Vamos para a sala.

Tristan estava na cozinha a barrar manteiga no pão. As mãos tremiam-lhe e pareciam-se com as mãos da velha que estava encostada à pia, com um vestido verde, curto e florido, incomum numa senhora daquela idade, a olhar para ele. Tristan foi para a sala e sentou-se ao lado de Tsilia a comer o pão com manteiga. Isaac estava em pé, andava de um lado para o outro. Parecia nervoso, aliás, Tristan via claramente esse nervosismo, era uma jarra chinesa que abanava (tremebunda, segundo o *Dicionário de sinónimos, poético e de epítetos*) em cima da mesinha da sala.

— Lembras-te de ouvir falar na Pensão Tertuliano? — perguntou Isaac Dresner.

— Não.

— E no Evangelho das Putas Gnósticas?

— Não.

Dresner sentou-se no cadeirão da sala. Passou a mão pela testa, pousou a bengala no colo.

— Muito bem. Há pouco tempo, foram descobertos fragmentos gnósticos que incluíam um evangelho completo num edifício turco, conhecido como Pensão Tertuliano desde há quase dois mil anos. Tertuliano, um dos padres latinos do cristianismo, criticava a filosofia e teologia gnósticas, dizendo que "empilhavam andares sobre andares" e que faziam do Universo uma pensão onde Deus viveria no sótão. Mais tarde, Andronikos, um pensador do terceiro século depois de Cristo, decidiu efetivamente construir a pensão a que Tertuliano comparara o pensamento gnóstico. A ironia tornou-se um edifício. As paredes, bem como os tetos, foram pintadas com inscrições gnósticas. Mas a história deste prédio haveria de sofrer algumas reviravoltas: um século depois de ter sido construído, já as inscrições das paredes e dos tetos haviam sido tapadas para escapar à perseguição da Igreja; após a queda de

Constantinopla, a pensão foi usada para fins militares, tendo-se tornado, mais tarde e durante grande parte do Império Otomano, uma madraça famosa, onde Tal Azizi e Gardezzi ensinavam Caligrafia e Matemática; tornou-se ainda, durante a Segunda Grande Guerra, uma enfermaria, antes de o edifício ser comprado, em 1949, por uma quantia irrisória e transformado num bordel, portanto, uma caricatura da sua origem e propósito inicial. Durante a década de 1960, o prédio sofreu algumas remodelações, e o proprietário, ao mandar limpar as paredes e os tetos e retirar o gesso, a cal e a tinta acrescentados ao longo dos séculos, viu surgirem as famosas inscrições atribuídas a Andronikos. Sem compreender exatamente o que era aquilo que decorava o seu bordel, achou interessante preservar as pinturas e textos, que mantinham uma surpreendente vivacidade, parecendo acabados de pintar. Os frescos gnósticos foram identificados, em 1968, por Gunnar Helveg, que imediatamente tentou que o edifício se tornasse património cultural, já que continha um importante testemunho dos primeiros séculos da nossa era. O proprietário do prostíbulo, para não perder o imóvel, decidiu destruir tudo o que estava escrito nas paredes e nos tetos. Perderam-se, desse modo, textos de valor incalculável. Gunnar Helveg, no entanto, não se deu por vencido e arranjou maneira de recuperar os textos destruídos: decidiu entrevistar as prostitutas que durante esta década trabalharam no bordel. Gunnar Helveg achava que as mulheres, por tantas vezes terem lido, enquanto trabalhavam com um homem em cima delas, os fragmentos pintados nas paredes e, sobretudo, nos tetos, poderiam reconstruir o evangelho perdido, bem como alguns dos outros fragmentos de origem gnóstica. Helveg pediu-me ajuda para publicar os textos e as entrevistas às prostitutas. Conseguimos localizar quatro delas, a que chamámos apropriadamente evangelistas. Uma vivia em Éfeso, outra em Constança. Helveg entrevistou essas duas. As outras, couberam-me a mim, por conforto, já que ambas vivem em Paris. A terceira chama-se Arlette e trabalha num bordel em Montmartre. É por essa razão que chego a casa a cheirar a mulher. Através das entrevistas feitas às três primeiras, conseguimos naturalmente recuperar quase dois terços do Evangelho das Putas Gnósticas, faltando-nos apenas um dos fragmentos que corresponde ao quarto onde essa mulher trabalhava.

— Que pena — disse Tristan, a boca cheia de pão com manteiga.

— E a quarta, quem é, onde vive? — perguntou Tsilia.

— Sei que vive em Paris, mas ainda não a consegui encontrar, trabalha na rua.

— E ela saberá o que falta do evangelho?

— Não faço ideia, mas as outras garantiram que sim.

— Sabes o nome dela, pelo menos?

— Clementine.

Tristan deixou cair o pão.

—

Gould apareceu de surpresa na manhã seguinte. Tsilia abriu-lhe a porta, e ele entrou sem que Dresner e Tristan se apercebessem.

— Sei desenhar um pelicano com uma exatidão estonteante — dizia Dresner. — Como uma fotografia, talvez até melhor.

— Desenhe, senhor Dresner.

Dresner pegou numa folha, num lápis, fixou um ponto no teto como se se recordasse de todos os traços de um pelicano, a geometria das penas, o mergulho de caça, o bico como uma despensa, depois olhou para a folha, alisou-a com ambas as mãos, pegou no lápis e, com uma exatidão e experiência impressionantes, desenhou um ponto no meio da folha.

— É isso, senhor Dresner, um ponto?

— Sim, visto ao longe é um pelicano, um pelicano perfeito, mais naturalista é impossível. É o que se chama hiper-realismo.

Quando Tristan se virou e viu o pai — a surpresa era uma nuvem cinzenta que palpitava como um coração em cima da mesa —, levantou-se e abraçou-o. Gould passou-lhe a mão pelos cabelos e dobrou-se para o beijar no alto da cabeça.

— Como foram estes dias?

— Foram bons, foram muito bons.

— Acabou de aprender a desenhar um pelicano em pleno voo.

— Com uma exatidão estonteante — acrescentou Tristan.

— Hiper-realismo — sublinhou Dresner.

Tristan guardou o pelicano meticulosamente desenhado. Eventualmente, poderia ser um objeto a pôr na caixa de sapatos. Seria bonito ter um pelicano a voar lá dentro.

O Escritor bebeu um café a olhar para o espelho, abismado com o seu poder. Tinha acabado de subir as escadas da cave.

Há um par de semanas, conseguira arrancar do corpo da ruiva não apenas unhas e cabelos e carne e sangue, mas também a melhor história de todas, uma que não enviaria para o seu editor, Isaac Dresner. Quando raptara a ruiva, fizera-o com o intuito de exercer chantagem sobre Gould e exigir que o pianista trabalhasse para eles, para a CIA, mas acabou por não resistir ao potencial dela como criadora, como autora. Aquela mulher, bem trabalhada, infligindo-lhe uma quantidade de dor respeitável, poderia ser uma fábrica de literatura. Em vez de confirmar ao diretor que a raptara, como fazia parte dos planos iniciais, disse simplesmente que ela abandonara o marido e que ninguém sabia para onde tinha ido. Senhor diretor, ela abandonou-o, não sabemos para onde foi. E voltará?, perguntou o diretor. Se voltar, estaremos atentos e faremos tudo para tomar as rédeas da situação. Entretanto, o homem do chapéu cinzento foi incapaz de resistir à tentação de a aprisionar de modo a inventar histórias para ele, e acabou por levá-la para a sua cave e fazer que ela lhe desse toda a ficção de que necessitava para continuar a publicar regularmente com a qualidade que os críticos lhe atribuíam. A trama adensou-se, pois foi preciso explicar ao diretor o que tinha acontecido a Natasha Zimina.

Pensou.

Pensou.

Chegou a uma conclusão evidente.

Viu-se obrigado a fazer uma coisa inédita: extrair de uma vítima, em vez de um texto publicável, material profissional. Ou seja, precisava de inventar uma história para aquela ruiva russa, uma que fosse inventada pela própria. Não foi difícil. Usou instrumentos simples, uma fotografia de Tristan — uma imagem vale mais do que mil alicates, martelos, tornos e chamas —, e disse-lhe assim:

— Aqui está o seu filho. Se quer que ele continue vivo, preciso de uma história para enganar o mundo. Não é para editar em livro, é uma história em que toda a gente acredite. O que acha? Preciso de alguma coisa para dar ao meu diretor e eventualmente para usar com Gould. Precisamos de uma boa ficção, uma que engane estes meus colegas americanos que tentam vencer a guerra com o *jazz*. Já imaginou uma ideia mais ridícula?

E então a ruiva presenteou-o com uma bela história de intriga internacional: ela seria uma espia soviética que se casara com Gould apenas por fachada e sem que ele se apercebesse; em resultado disso, tempo depois, haveria de o abandonar por ter sido colocada noutro espaço geográfico para cumprir outra missão, certamente mais urgente ou importante.

O Escritor perguntou:

— E o meu diretor vai acreditar nisso?

A ruiva respondeu:

— Não é preciso ter muita imaginação para acreditar nisso.

— Olha-me como um mero algoz, verdade?

— E não é?

— Recito-lhe, pela sua saúde e compreensão, um *haiku* conhecido: *Cogumelos / Também há beleza / Nos assassinos.*

— Isso é da sua autoria?

— Importa?

— Não.

— Então, começamos?

— Muito bem, vamos inventar: "Natasha Zimina nasceu em Breslov. Estudou Literatura em São Petersburgo. Começou a trabalhar para o KGB em 1963. Dois anos depois, teve uma missão em Paris e conheceu o nosso homem".

Relatório Gould

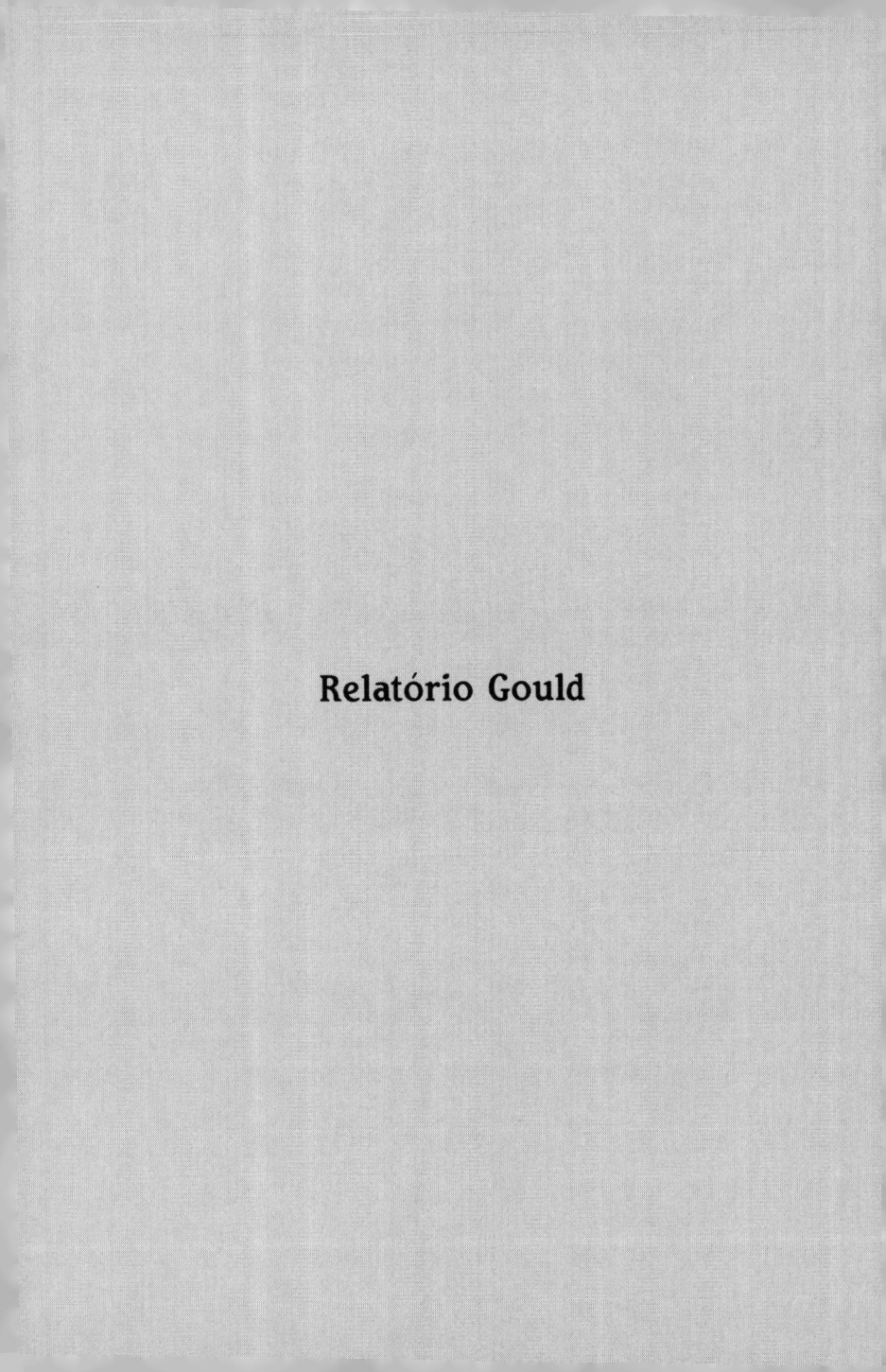

— Tenho aqui o ficheiro de Natasha Zimina. Não temos muita coisa, Sir.
— Leia-mo.
— Natasha Zimina nasceu em Breslov. Estudou Literatura em São Petersburgo. Começou a trabalhar para o KGB em 1963. Dois anos depois, teve uma missão em Paris e conheceu o nosso homem.
— O casamento com Gould foi fachada?
— Não, foi por amor, Sir.
— E, no entanto, ela sabia que seria um amor efémero, que acabaria.
— Sim, ela sabia-o desde o início.
— Mas não a demoveu.
— Não, Sir. Casaram-se e tiveram um filho. Creio que foram felizes enquanto a missão de Paris durou. Depois, o KGB exigiu que Natasha Zimina fosse para Moscovo.
— Em que consistia a missão parisiense?
— Não sabemos, Sir. No entanto, temos a certeza de que envenenou dois dos nossos homens em Paris e que é a alegada culpada de várias mortes de emigrantes soviéticos. Também passou vários documentos para a URSS, mas não sabemos como os obteve, muito provavelmente através de outro espião. Sabemos que tinha relações com Edmund Rover, que trabalhou na DST sob as ordens de Daniel Doustin e acabou por confessar trabalhar para a URSS.
— Uma mulher a abater.
— Sem dúvida, Sir. Mas, antes disso, poderá ser a chave para ter Erik Gould a trabalhar para nós.

—

Tristan foi encontrar-se com Clementine uma última vez. Desta feita, não levou o dinheiro dos lanches que não comeu, não comprou bolos e não lhe pagaria nenhum copo de genebra. Simplesmente apareceu.
— Envelheceste, meu príncipe.
Sentou-se ao lado dela. Aproximou-se um pouco para dar espaço para a velha.
— Vês fantasmas, não é?
— Não são fantasmas.
— Eu vejo muitos.
— Sim?
— Sim, meu príncipe. Andam por todo o lado, parecem pessoas, mas são uns ratos mortos que atravessam a vida a cuspir nos pobres. São mortos-vivos que nos comem o cérebro porque eles próprios não têm nenhum, e andam com os braços esticados a perseguir-nos. Para servir a quem? *Cui bono*? Aos vampiros, que os fazem agir como aqueles bonecos que os ventríloquos sentam ao colo.

— E como nos transformamos nesses monstros?

— Devagar. Começa por uma semente que se aloja no corpo, primeiro é só um pontinho, um pontinho pequeno, não se vê nos exames médicos, mas acaba por crescer, silenciosamente, sem alarido, até ser tarde demais, de repente percebemos que a doença alastrou, já não sentimos nada, não tocamos em nada, nada toca em nós. *Velocius quam asparagi coquantur!* Mas nós não acreditamos em fantasmas, pois não, meu príncipe?

Tristan tirou um caderno da mala. Depois uma caneta. Tinha uma missão muito importante a cumprir.

Ficaram horas sentados no jardim. Tristan, a velha, Clementine e o homem de fato às riscas, que é o nojo que as pessoas têm das doenças.

Por fim, Tristan arrumou as suas coisas, pegou na mão da velhota e foi-se embora. Virou-se para trás apenas um instante. Os seus lábios abriram-se como persianas para deixar sair uma palavra: Adeus.

—

Gould começou a fazer a mala. Não me apetece ir para Belgrado, pensou.
— Vais viajar outra vez? — perguntou Tristan, encostado à ombreira da porta. A velha deu-lhe a mão.
— Tenho concertos agendados.
Peúgas, cuecas, camisas, dois casacos, calças, um par de sapatos, além dos que levaria calçados. Artigos de higiene. Uma traça pousada na testa.
Sentou-se na cama sem fechar a mala. Tristan foi para o quarto, sentia a boca queimada, alguma coisa andava a arder dentro dele, a transformar as suas palavras em cinza: quando as pronunciava, saía um pó cinzento, mesmo quando eram bonitas e pomposas como as do *Dicionário de sinónimos, poético e de epítetos*. Abriu o atlas para ver onde ficava Belgrado.
Erik Gould, sentado na cama do quarto, com a mala aos pés ainda aberta, abanava o corpo para trás e para a frente. Teve vontade de telefonar para casa, mas seria uma completa idiotice: ele estava em casa.

Pensou em ligar para todos os números de telefone do Universo. Um a um. Começou a fazê-lo, pegando no telefone do quarto. Um pouco como quem joga na lotaria. Poderia acontecer. Está lá? Desculpe, é engano. Está lá? Desculpe, é engano.

Olhou pela janela e tentou lembrar-se da cara de Natasha. Não conseguiu. Foi a correr para o piano.

Tristan, que estava em pé, no seu quarto, a olhar para a porta, baixou a cabeça em direção aos pés quando o pai passou a correr pelo corredor. A velha fez exatamente o mesmo gesto.

Tocar no piano a cara de Natasha era a única maneira de Gould se lembrar de tudo com o mais rigoroso detalhe.

Tocou com um nervosismo pouco habitual. Tristan reparou que algo mudara. Havia pelo menos mais uma melodia a interferir com a principal, algo que o deixava invulgarmente tenso e inseguro (nervudo, segundo o *Dicionário*). Tristan observou-o com atenção, mas não foi capaz de identificar a turbulência que afctava o pai: a imagem não era clara.

— Vou para Belgrado e vou pensar em ti, Tristan. Vou assobiar uma melodia na minha cabeça e tu ouvirás com a tua pele, a mil trezentos e quarenta quilómetros de distância.

— Verdade, papá?

— Sim.

Estranhamente, não havia traças a voar em redor do rosto de Gould.

— Quando fores para Belgrado, não me deixes sem música.

— Nem pensar.

E, displicentemente, Gould assobiou qualquer coisa, sem grande dedicação ou compromisso, como sempre fazia com o filho.

Tristan desejou poder prender aquele assobio numa gaiola e guardá-lo na caixa de sapatos. Não reparou que a velha se tinha afastado uns passos.

—

O homem do chapéu cinzento tinha algum receio de andar de avião. Estava, por isso, nervoso. Depois de ter ouvido a gravação da primeira cosmonauta no espaço, uma russa que morreu num acidente espacial que foi abafado pelos soviéticos, decorara as suas últimas palavras. A tradução delas esteve pousada em cima da sua secretária durante semanas. Aquelas palavras foram a única coisa daquela missão soviética que pousou ilesa na Terra. O homem de chapéu cinzento repetia-as sempre que ficava nervoso:

> *Ouve, ouve,*
> *Entra, entra,*
> *Fala comigo, fala comigo,*
> *Estou a arder,*
> *Quarenta e cinco? Cinquenta?*
> *Respirar, respirar,*
> *Oxigénio, oxigénio,*
> *Estou a arder,*

Não será isto perigoso?
A arder, a arder,
Sinto-me quente,
Estou a arder,
Vejo uma chama,
Vejo uma chama.

Silêncio.

O homem do chapéu cinzento, depois de recitar aquela oração, sentou-se na cama, olhou para o roupeiro, levantou-se, abriu as portas de par em par, tirou a mala, pousou-a no chão. Praguejou. Não lhe apetecia ir a Belgrado, mas era necessário que a operação se desenrolasse lá, era essencial fazer um teste no terreno antes de executar o programa em grande escala por um território mais alargado. Abriu a porta do quarto da mãe. Dormia. O homem de chapéu cinzento deixou escapar um sorriso de ternura.

—

A manhã abanava ao vento quando o avião aterrou na pista do aeroporto de Belgrado.

Gould dirigiu-se para a saída, onde o esperava um homem de calças largas apertadas por um cinto de cabedal. Tinha na mão um papel com o nome de Gould. As calças do homem sufocavam, cheias de pregas, como alguém a esticar os tendões do pescoço. Os colarinhos da camisa chegavam-lhe aos ombros e aí repousavam como asas de gaivota ao sol. Gould estendeu-lhe a mão, o outro retribuiu acrescentando um sorriso: Chamo-me Joakim, disse.

Um homem de chapéu cinzento de pele de coelho, marca italiana, passou por eles. Vestia uma gabardina e levava uma mala de couro na mão direita. Gould e o homem que o esperava dirigiram-se para a saída do aeroporto, onde os aguardava um carro preto estacionado em cima do passeio. Gould levava apenas uma pequena mala com um par de sapatos, roupa interior, pasta de dentes, escova de dentes, desodorizante, um livro de poesia norueguesa, um pente e várias partituras.

— Levo-o já ao hotel ou prefere que dê uma volta pela cidade?

— Para o hotel.

— Muito bem. Ao final do dia, passo para o levar para o palco, para o *soundcheck*. Count Basie fá-lo antes, pois toca depois de si.

Gould saiu do carro em frente a um edifício enorme, de esquina. Despediu-se de Joakim, entrou no hotel, pousou a mala, tirou o passaporte, preencheu os papéis. Subiu até ao décimo terceiro andar, na companhia de um empregado, e entrou no quarto. Deu uma nota ao rapaz e olhou pela janela. Via-se o rio emoldurado de árvores, alguns corvos e nuvens baixas. Uma delas formava um estranho ângulo de noventa graus. Gould sentou-se na cama e telefonou para casa, esperou, ninguém atendeu. Deu-lhe vontade de chorar, como acontecia sempre que desligava o telefone depois de telefonar para casa. Deixou cair o corpo na cama e adormeceu tal como estava, sem tirar o casaco nem os sapatos.

Acordou com o telefone a tocar. O coração começou aos pulos. A sua cabeça encheu-se de Natasha, mas, claro, não era ela. Gould tirou tudo o que tinha na mala, exceto as partituras, e desceu para que Joakim o levasse ao recinto do festival.

Gould tocou durante duas horas, com emoção, diretamente para dentro das pessoas. Tinha tantas notas nos dedos que, quando tocava, o seu esforço não era fazê-los mexer, era refreá-los para que não tocassem tudo de uma vez. Tocar, para ele, era impedir os dedos de se mexerem. Muitas vezes pensava assim na música: um dó sustenido que poderia ter sido, um fá que quase se pronunciou, um si que lhe ficou preso na unha, um lá bemol que tropeçou. Era como a vida, como as pessoas, que, ao escolherem ser alguma coisa, rejeitam todas as outras, uma infinidade de coisas, uma enormidade que lhes fica pendurada nas unhas, nas dobras dos pensamentos, nos cabelos espigados. É assim que se faz uma música e é assim que aparece uma imagem no espelho, bem definida, recortada por tudo o que não somos. Gould tocou derramando-se.

Quando terminou, todo suado, levantou-se devagar, caminhou até ao microfone do saxofonista, que ficava mesmo no centro do palco, tirou um papel do bolso das calças, desdobrou-o e leu: "A música é uma janela. Se nos debruçamos muito, caímos lá para dentro e só paramos quando batemos no chão. A mais alta expressão musical não é o silêncio, como se diz, mas percebermos, numa melodia qualquer, que um pontapé é um movimento que embala ao mesmo tempo que fere. Que o arco que o pé descreve ao dar o pontapé é tão redondo e envolvente como uma valsa, como um berço que adormece bebés, e que isso, sem impacto, não vale nada. Sem a dor, sem a violência, a música só serve para os *tops* de vendas".

O homem de chapéu cinzento de pele de coelho, marca italiana, sorriu enquanto o público batia palmas.

Depois do concerto, as pessoas saíram pela rua a assobiar aquilo em que Gould se havia tornado enquanto tocava. Gould espalhou-se por todas as ruas da cidade.

Count Basie tocou de seguida e cantou com a banda. Foi um momento inesquecível, segundo o Politika, jornal jugoslavo.

—

Gould chegou ao hotel bastante tarde. Quando pediu a chave na recepção, pediu também para fazer um telefonema, não conseguia esperar até chegar ao quarto. Ninguém atendeu. Desligou, todo vazio por dentro.
    Dirigiu-se aos elevadores, saiu no décimo terceiro andar. Abriu a porta do quarto, entrou, acendeu a luz. Sentado na poltrona, junto à janela, estava um homem de chapéu cinzento de pele de coelho, marca italiana. Gould assustou-se, ficou uns segundos parado. O homem disse-lhe que se sentasse. Gould tentou correr para a porta, mas foi agarrado. Havia mais alguém no quarto. Gould foi atirado para cima da cama. O homem do chapéu cinzento ordenou que o outro saísse e trancasse a porta. Que o esperasse lá fora.
    — Sente-se — disse o homem de chapéu de marca italiana. — Acalme-se.
    Gould respirou fundo. Olhou para o telefone e teve vontade de telefonar para casa.
    — Vou explicar-lhe o motivo desta minha visita.

Gould enrolou os braços à volta do corpo.

— Há alguns anos — disse o homem de chapéu cinzento —, o Ministério da Defesa norte-americano decidiu criar um programa chamado Jazz Ambassadors. A ideia é usar o *jazz* para fazer a propaganda que a política parece incapaz de fazer.

— Sim, lembro-me de Benny Goodman tocar em Moscovo inserido nesse mesmo programa.

— Sim. Pelo menos alguns de nós creem que com o *jazz* seremos capazes de conquistar os muros todos.

— Não gosto de muros.

— Quem é que gosta? Josué, tocando *shofar*, destruiu as muralhas de Jericó. É bonito destruir muralhas com música. Lembra-se de Leadbelly, senhor Gould? O *bluesman*?

— Sei muito bem quem é Leadbelly.

— Ele matou um homem. Foi preso. Sabe como voltou a ser livre? Dedicou uma música ao governador, que, lisonjeado, o libertou.

— E?

— As sereias convencem com o canto, com a música, não com discursos ou com violência.

— E?

— Está a ver como a música destrói muros? Depois disso é que se constroem pontes. Sem destruir alguma coisa, não se consegue criar nada. Vamos precisar do seu talento, senhor Gould. Queremos que toque em Moscovo.

— Como Benny Goodman?

— Melhor do que Benny Goodman.

— Sinto-me um bocado agoniado com a sua presença. O senhor, se não se importa que lho diga subtilmente, é asqueroso.

— Sou?

— Sem sombra de dúvida.

— Saberia definir-me?

— Não é preciso saber muito. As pessoas como o senhor são estudadas pela coprologia. A isso, no seu caso, basta acrescentar um chapéu cinzento.

— Está errado, senhor Gould. Veja o meu trabalho: tenho todas as identidades. Um dia sou assim, outro dia sou o oposto. Um dia tenho um nome, no dia seguinte tenho outro. O meu trabalho exige que não haja um eu, pois deve ser possível tê-los todos. Ou nenhum. Ser inexistente. Nem a própria morte saberia onde me encontrar. Nesta profissão, temos de transcender as definições, temos de pairar acima da moral, acima do bem e do mal. Fiz as minhas maldades, como toda a gente, mas ninguém pode definir-me através delas. Nem através dos meus atos altruístas. Nesta profissão, temos uma liberdade diferente do resto das pessoas, não estamos confinados a um eu. Somos umas macieiras capazes de dar andorinhas. Ou leões. O que quisermos. Até maçãs.

— Tenho um amigo que diz uma coisa: não abras as gaiolas dos pássaros, senão morrem de liberdade.

— Tem piada, mas o que interessa para esta nossa conversa é outra coisa, outro tipo de identidade: um eu muito gordo. Um eu que junta populações, países. O que nós pretendemos é conjugar as almas todas de modo que todas pensem da mesma maneira. O que pretendemos é que essas almas tenham apenas um eu. Neste caso, que abominem o comunismo, que de facto é abominável. Faremos isso através do *jazz*. Os jovens gostam de música. O *jazz* não é como a música daquelas orquestras enfadonhas com um maestro despenteado. Através da música, faremos ruir a União Soviética. Milhões a pensarem da mesma maneira, em vez de milhões a pensarem da maneira errada. Não há nada que crie maior comunhão do que a música. Podemos ter milhares de pessoas embrulhadas na mesma melodia, no mesmo ritmo. A música chega às multidões muito mais rapidamente do que qualquer outra coisa. Não há discurso que se lhe compare, nesse aspecto. O *jazz* é um ótimo eu, não lhe parece?

— Posso fazer um telefonema?
— Quer falar com um advogado?
— Quero ligar para casa...
— Vai ter de esperar uns minutos. Precisamos de acabar a nossa conversa antes disso.

Gould cuspiu para o chão.

O homem de chapéu cinzento fechou os olhos e recordou a ocasião em que, quando era miúdo, a jogar às escondidas, começou a contar até dez, e, quando abriu os olhos, rebentou um apartamento no prédio em frente. Morreram duas pessoas naquela explosão. Uma fuga de gás. Nunca mais se esqueceu daquilo e sempre associou contar até dez a desgraças. Acreditava que, cada vez que contasse até dez, colidiriam automóveis, explodiriam apartamentos, a terra tremeria, surgiriam epidemias. O homem de chapéu cinzento perdia a paciência. Contou alto até dez. Abriu os olhos. Gould ainda lá estava.

—

Na Brasserie Vivat, onde as donas de casa iam fumar e cruzar conversas de véspera, segurando copos de vinho tinto na ponta dos dedos a cheirar a detergente da loiça, dedos de polpa enrugada e unhas pintadas do mesmo vermelho triste dos seus lábios, Dresner sentou-se numa cadeira de canto. Pediu um chocolate quente e um *brandy*. As donas de casa abanavam as pernas dengosas, pontuando essa manifestação de ansiedade com o cruzar e o descruzar das pernas que por vezes deixava ver o limite das meias, onde a pele surgia como um fantasma, uma aparição fugaz. Dresner acendeu um cigarro, atirou o fumo para o ar, levou o *brandy* à boca e fechou os olhos de prazer.

Ficou sentado durante duas horas. A bengala no colo como se fosse um gato a dormir.

Dresner pegou no último copo de *brandy* que beberia naquela tarde, apertou o vidro entre os dedos como se fosse carne. Sentiu o perfume da bebida levando o copo até um palmo do nariz, era o pescoço de uma

mulher, pensou Dresner, a seguir encostou o vidro ao lábio inferior e lentamente inclinou o copo até de dentro dele sair o caroço da bebida e Dresner o engolir, num gesto que fica entre uma dentada e um beijo.
O empregado perguntou:
— Mais alguma coisa, senhor Dresner?
— Chame-me edidnaC.
— Edidnac?
— Sim. Já reparou que o princípio básico, modular, da sociedade não é a democracia nem o comunismo nem o capitalismo, é a pulhice? Com uma grande quantidade dela, consegue-se uma nação abastada, obesa, a cheirar a courato, uma nação que não consegue baixar-se por causa da banha nas articulações, é a sedentarização, e de lá de cima, essa sociedade, saciada com a carne dos pobres, escarra o muco esverdeado em cima dos próprios pés, e o povo acorre para lamber aquilo, de joelhos, a adorar o deus de ouro e sebo. Que dia é hoje?
— Sexta-feira, senhor Dresner.
— edidnaC.
— Isso.
— As células, *garçon*, são os tijolos dos seres vivos, os átomos são os tijolos das coisas, e com pulhice constrói-se uma nação sólida. Eis o osso da sociedade: a canalha. Se tivermos muita, podemos esperar prosperidade.
— Mais alguma coisa, senhor Dresner?
— edidnaC.
— Posso trazer a conta?
— Conhece o provérbio?

— Qual?

— Desconfia das águas silenciosas, dos cães silenciosos, do inimigo silencioso.

— Não conhecia. Posso trazer a conta?

— Com certeza.

Dresner, sempre que acabava uma sexta-feira, esperava um sábado muito longo, o imenso sábado. Dizia que, ao fundo do cosmos, mesmo onde ele acaba, há um sábado, um dia eterno em que todos os desejos se encontram como se fossem velhos amigos de longa data e esperam por nós sentados à mesa, a comer, a beber, a rir. Subiu devagar os degraus até sua casa, a coxear da dor do passado e a cambalear do *brandy*. Não disse nada ao entrar, dirigiu-se para o quarto, deitou-se sem se despir e adormeceu, tinha o corpo cheio de sono, com vontade de se apagar, era um desenho malfeito, um desenho a lápis que pede urgentemente uma borracha. Tsilia poderia tê-lo despido, mas não tinha paciência para isso, não era uma mulher dessas, que fazem de mães dos maridos. Empurrou-o com cuidado, só para não o acordar e criar espaço para si na cama. Isaac Dresner aproveitou o embalo suave para se virar e rebolou para o chão. Não acordou com o tombo e dormiu ali a noite toda.

De manhã, ao acordar, tomou três cafés de seguida. Doía-lhe a cabeça. Olhou para o calendário pendurado na parede da cozinha. Teve vontade de chorar. Todos os sábados de manhã, acontecia-lhe a mesma coisa, uma ténue esperança de que tivesse chegado o dia, mas as notícias, a realidade, tudo desmentia essa esperança num futuro perfeito, nesse imenso sábado em que o leão se deitaria com a ovelha. Tristan estava sentado ao lado de Tsilia a vê-la pintar. Dresner aproximou-se com um cigarro na boca.

— Garanto-te que nos espera um sábado imenso, Tristan, que está onde o Universo acaba e espera por nós com os nossos desejos embrulhados em papéis e laços coloridos.
— De certeza?
— De certeza absoluta, Tristan. Um dia teremos de descansar, esse dia estará à nossa espera, é um dia inevitável.
— É hoje?
— Não creio, Tristan, mas está quase.
— Será no domingo?
— O imenso sábado acontecer ao domingo? Porque não?

Tristan foi à cozinha, rasgou aquele dia do calendário pendurado na parede e pô-lo dentro da sua caixa de sapatos. Haveria um imenso sábado, um dia.

Depois correu até ao quarto.

Trouxe a pasta da escola para a sala.

Pousou-a no chão.

Tirou de dentro dela um caderno e estendeu-o a Isaac Dresner.

— O que é? — perguntou enquanto pegava no caderno. Folheou-o. As mãos começaram a tremer. É um milagre, pensou. Olhou para Tristan, comovido.

— É a parte que falta do Evangelho das Coisas Gnósticas — disse Tristan. — A parte de Clementine.

— O que precisamos, senhor Gould, é que, além de contribuir com o *jazz*, passe informações. Ou seja, que os sons que tocar sejam compreendidos como mensagens do tipo: Quero que, no dia tal, o indivíduo tal mande um porta-aviões ao fundo.

— Não é possível passar esse género de informação através da música — disse Gould. — Consegue-se outro tipo de coisas, mas inúteis para o que pretende. Repare: a música é algo selvagem que dá nos pés. Quando se começa a tocar, os pés começam a bater. O corpo mexe-se. Isso não se consegue com a literatura nem com a pintura. Uma pessoa não consegue pôr os corpos a mexerem com Picasso. Ninguém se põe a dançar em frente ao *Guernica*, pois não? Mas imagine uma música, mesmo que seja má, não precisa de ser uma obra-prima.

Gould assobiou uma melodia popular. Olhou para o homem de chapéu cinzento e continuou:

— Mexe connosco, não mexe? A música é a arte

dos músculos e dos ossos e das articulações. Ela põe isso tudo a mexer. É como um reumático do avesso, que se entranha no esqueleto e o põe a dançar. As palavras e as imagens não sabem fazer isso. No entanto, com a música, apesar de se conseguir fazer com que as articulações articulem, não se consegue informar sobre porta-aviões nenhum.

— Mas, senhor Gould, uma pessoa pode cantar uma coisa e significar outra.

— Sim, mas, se a música for instrumental, não consegue esse efeito. E nós não temos vocalista, pois não? Se eu quiser dizer ao meu vizinho para me emprestar cinco quilos de feijão usando uma música, se não utilizar palavras, ele jamais irá compreender. Conseguirei fazê-lo bater o pé, conseguirei, talvez, pô-lo a dançar ou a rir ou a chorar. Mas não obterei com isso feijão nenhum. Não é possível. A música é o que faz mover os ossos, os planetas, mas não se faz um recado com a música. É muito limitada nesse sentido. Precisamos de palavras.

— É possível. Garanto-lhe que é possível.

— Como?

— Senhor Gould, sabemos que está farto de o fazer.

— É impossível.

— Sabemos que muitos dos seus solos de piano são cartas de amor dirigidas à sua mulher.

— É impossível.

— Sabemos de fonte segura, digamos assim, que lhe tem enviado poemas, cartas inteiras, através dos seus solos. Aliás, posso dizer-lhe que já temos pessoal especializado na decifração dos seus solos. Mas,

mais importante do que essas diligências, é a Natasha Zimina.
— A Natasha?
— Sim, talvez possamos trazê-la para este lado, para o nosso lado, para o seu lado.
Gould baixou a cabeça. Os lábios tremiam-lhe.
— A Natasha?
— Sim.
— Não posso acreditar. Podem fazer com que a minha mulher volte a casa?
— Podemos fazer baleias voar.
O homem do chapéu cinzento encolheu os ombros e tirou uns papéis da mala.
— Sim, somos realmente capazes de coisas fabulosas.
Gould olhou para o homem. Tinha os olhos muito abertos.
— Em troca, não lhe vamos pedir nada de especial, apenas que passe informação.
— E por que motivo não o fazem através da letra das músicas?
— É mais fácil criar suspeitas desse modo. De um solo de piano, ninguém desconfia.
O homem de chapéu cinzento leu um dos seus papéis:
— "Gould toca de uma maneira única, como nenhum outro músico. Cada uma das notas das escalas e modos que usa nos seus solos de piano representa uma letra".
— Uma escala diatónica tem sete notas diferentes, se não contarmos com a oitava. Se cada nota cor-

responder a uma letra, não se consegue dizer nada. Ninguém fala com apenas sete letras, pois não? Experimente dizer alguma coisa concreta e útil com tão poucas letras.

O homem de chapéu cinzento continuou a ler:

— "Gould usa três oitavas do piano, fazendo com que a escala tocada nessas três oitavas, ou seja, vinte e duas notas, corresponda às letras do alfabeto hebraico. Por exemplo, o dó mais grave corresponde a um *aleph*, mas o dó da oitava acima corresponde a um *mem*. Para alguma pontuação, espaçamento, e *nekudot*, Gould usa mais uma oitava e meia".

— Mesmo que fosse possível enviar uma mensagem através de um solo, como sugere — disse Gould —, a música ficaria muito pouco potável. Repare, teria de saltar de oitavas constantemente.

O homem do chapéu cinzento continuou a ler:

— "O resultado, esse constante saltar de notas agudas para graves, é uma das características mais apreciadas no trabalho de Gould. Ele 'escreve' com a mão direita enquanto a esquerda mantém a melodia da música e a coerência do todo".

— Se o sabem fazer, porque não o pedem a outro músico?

— Nenhum tem a mesma capacidade de o fazer como o senhor. Além disso, se aparecesse outro músico a tocar assim, seria ridículo como espetáculo. Não temos outra hipótese. Não vamos promover eventos com imitadores de grandes músicos.

Gould olhou para o homem à sua frente e ouviu algo muito desafinado, uma espécie de ruído que o molestava com uma dor absurda. Poderia uma pessoa soar tão mal? Nunca até então pensara poder haver maldade numa melodia, mas ali estava.

Gould suspirou, derrotado (e esperançado), enquanto, dentro da sua cabeça, repetia o nome de Natasha Zimina, como se abraçasse um canteiro de rosas. Quando o homem do chapéu cinzento saiu do quarto, o pianista pegou no telefone e ligou para casa. Ninguém atendeu.

—

Gould balouçava o corpo para trás e para a frente, sentado na cama do hotel. Deixou-se cair na cama, fixou o teto durante minutos, depois reergueu-se e acendeu um cigarro que não apagou no braço.
Voltou a pegar no telefone.
Não ligou para a sua própria casa, mas sim para a de Isaac Dresner. Queria saber como estava o filho. Alguma coisa, talvez o asco provocado pelo homem do chapéu cinzento, o tinha deixado mais secular, mais próximo das emoções, e discernia melhor as convulsões em que vivia, o desespero de ver a vida a desfazer-se num nada difícil de aceitar. Talvez Isaac Dresner tivesse razão e fosse o contacto com a lama, com a corrupção, que fazia a diferença, assim como faz despontar e brotar a Primavera e as flores. (Talvez um dia, Erik, por entrares em contacto com uma maldade tão profunda, a tua alma mude. Não é preciso muito, basta um milímetro, talvez uma ligeira torção do pescoço, *et voilà*, o mundo passa a ser outro.

Olha, Orfeu convenceu o barqueiro com a sua música, adormeceu Cérbero, Orfeu olhou para trás, foi esse o pecado, fez como a mulher de Lot, e há um castigo inerente ao facto de virarmos o pescoço, de tentarmos reverter o tempo, de lutarmos contra a direção das coisas, é um gesto prometeico, uma volta, uma revolta. Viramos o olhar noutra direção, procuramos o objeto das nossas paixões, a eternidade, e exigimos que o tempo não passe por elas. Ao voltarmos o pescoço, ao usarmos esses músculos, o trapézio, o peitoral menor, os escalenos, o esternocleidomastóideo, os músculos infra-hióideos, os músculos extraoculares, a retina, o olhar, sim, o olhar, que é já um presságio do tacto e da carícia, ao fazê-lo, já não vemos a morte da luz. Talvez os deuses nos castiguem por tentá-lo, mas cabe-nos fazê-lo. Somos seres humanos, temos pretensões ao Céu. Lutamos contra a morte, ainda que esta possa ser uma estátua de sal.) Talvez uma palavra, pensou Gould, talvez uma palavra e serei salvo, talvez ao telefone, talvez um caminho construído por frases simples em direção a uma criança. Talvez seja esse o sentido da vida, desfazer o coração, como uma Penélope, e, com os fios de lã que sobram desse coração, construir um novo fio de telefone, que comunique entre as almas. E talvez, entre ambos, entre o Tristan e eu, haja um tecido tão forte e envolvente que o cosmos volte a ser organizado, as estrelas voltem a brilhar como brilhavam e as plantas dancem a perenidade como os homens dançam a efemeridade nas discotecas. Vou telefonar, vou tecer novos fios. Há os da CIA, há os meus, há esperança, há esta sede horrível que me corrompe e diminui, há a possibilidade de me prolongar no Tristan, ouço essa melodia, sim, é essa a melodia que tem vindo a surgir da música de fundo que é o meu universo. Em última análise, se não puder vir a ser outra coisa, será uma despedida, uma canção desesperada e final e então talvez tivesses razão, Tristan, era mesmo a morte que andava atrás de ti e dormia aos teus pés. Como a mulher de Lot, ando a olhar para trás, para trás, sempre para trás, ou, como Orfeu, torço o pescoço para a encontrar e ela desaparece, o desaparecimento dela parece uma consequência desse gesto, viro-me e apago-a. Que fazer? Esqueço-me de olhar para o lado, para a frente, estou a transformar-me numa estátua de sal, estou a ficar mulher de Lot, se não me tiver já transformado em lágrimas e sal, perdido para a vida. Não, ainda há tempo, devagar, não é preciso fazer nada radical, um milímetro de cada vez, endireitar o pescoço.

Quando Tristan atendeu o telefone, a velha afastou-se. Observava-o à distância, na penumbra, encostada ao aparador da sala.

—

— Em criança — disse Dresner —, acreditava que a terra dava cereais porque nós a olhávamos com espanto ou com curiosidade, e esse olhar semeava-a e mais tarde colhiam-se as espigas do nosso olhar para as esmagar na mó de pedra dos moinhos e fazer pão para alimentar o povo. O pai dizia que era absolutamente essencial que olhássemos assim para a terra, que o mundo não medrava sem que imiscuíssemos uma visão temperada de questões no seio da matéria, na lama. Era, dizia ele, a verdadeira maneira de amar, de fazer amor, de fecundar, de penetrar nas coisas e sentir-lhes as vísceras, as veias a apascentarem o sangue, a furarem a carne, o nosso olhar é a única enxada e a única lavoura possível. E nós acreditávamos, porque essa era a nossa herança, a angústia que enchia o mundo e que nós cultivávamos com um tremendo esforço, pois nem sempre a terra nos cativa e nos provoca espanto, nem sempre... Nem sempre o pai nos dizia isso. Quando bebia, levantava-se do cadeirão de couro, abria os braços e gritava, anunciando com voz de pedra, como se mastigasse granito, o quanto detestava a terra. Dizia que a única coisa de que ele queria certificar-se a respeito da terra é que ela seria pisada quando nos afastássemos, que não deveríamos ter respeito nenhum por essa boca enorme, por essa comedora de cadáveres, por essa puta de lama que nos alimenta para depois nos mastigar. Ao andar na rua, chutava as pedras e dizia: Não são pedras, são os dentes da puta que nos mastiga. Pisem-na, é a única coisa que devemos fazer, pisar e nunca criar alicerces, andar sem descanso, sabendo que perderemos, mas que lutámos. Um dia, dizia ele, gostava de cumprir todas as estradas, não as que existem, mas as que passarem a existir quando eu as fizer, pisando a terra. Quero criar todas as estradas possíveis ao andar pelos lugares que os homens ainda não pisaram. E, quando toda a terra tiver sido humilhada, já não lhe restará mais poder sobre os nossos corpos.

— Foi há muito tempo — disse Tsilia.
— Mas aplicam-se as mesmas regras.
— Não sei. O mundo muda tanto.
Tristan concordou:
— Muda muito.
— Um soldado aproximou-se de nós, lembras-te, Tsilia? Éramos tão novos durante os bombardeamentos de Dresden. No meio daquele cenário de destruição, no silêncio que os pássaros fizeram no meio do fogo, e com sotaque americano, o soldado disse-nos que aquilo era a verdade e que teríamos de imaginar alguma coisa melhor, que a realidade estava a bombardear o mundo todo, a separar os nossos braços, as

nossas pernas, a arrancar-nos os intestinos, a esmagar-nos as rótulas debaixo de cidades mortas, a assassinar monumentos, catedrais e o canto dos pássaros ao fim da tarde. Eu perguntei-lhe o que se podia fazer. Rezar? E ele disse, nunca te rendas à realidade. E eu pensei, como? E ele sentou-se no chão de cinzas, de corpos desfeitos, e assobiou. Foi só isso, assobiou. E sabes o que me aconteceu muitos anos depois? Estava à janela de um bar, em Montmartre, a chuva regava uma tulipa raiada que o dono, um homem que lutara na resistência, treinava para ser a mais bela flor do mundo, quando um melro pousou no meu ombro. Sabes o que disse o melro? Assobiou a mesma melodia que o soldado.

— Como é que se chamava o soldado? — perguntou Tristan.

— Kurt — disse Tsilia.

— Gostava daquele bar, do Delon, e gostava da sua flor, porque as tulipas raiadas são flores doentes. A sua beleza vem de uma doença. A normalidade nunca fez bem a ninguém, mas a anomalia, aquelas estranhas cores que pintavam as pétalas, como se Van Gogh fosse o autor do Universo, elevavam a flor a um estatuto artístico, era a doença que a fazia mais bela do que o habitual. A arte é uma doença, a Humanidade nasceu de um macaco doente, como uma tulipa raiada. Foi um desvio que o levou a erguer-se na savana e a sentar-se mais tarde num bar de Montmartre. Abençoadas doenças, Tristan.

— E não matam?

— Matam, são a coisa mais triste do mundo.

Dresner abriu um livro, tirou uma flor seca de dentro dele.
— Toma.
— É a tulipa?
— É, roubei-a.
— Posso ficar com ela?
— É para ti. És tu. Sem saber, andei a guardar o livro da tua vida, uma página raiada, uma tulipa, não fazia ideia de quem era, mas agora vai voltar a casa.
Tristan pô-la dentro da caixa de sapatos.
— Quando é que vamos depositar a caixa no museu?
— Espero que quando fores velho, Tristan.
— Não falta muito. Sinto-me cada vez mais velho.
— As coisas mudam quando menos esperamos, a vida parece seguir uma direção, toda compenetrada, e de repente perde-se, deambula, olha-nos nos olhos, abre um sorriso, sim, a vida é capaz disso, até mesmo de ser simpática, delicada e honesta, é possível, já vi acontecer, de repente, torna-se sensível às nossas dores, às nossas lágrimas. Os milagres acontecem nos sábados em que menos esperamos.

—

Gould voltou de Belgrado. Pousou a mala. Aspirou o ar como se não respirasse há séculos. Ouviu o ambiente, as paredes, os pianos em silêncio, ouviu o mundo a suar, a lutar por existir, a persistência do Universo nas coisas, na teimosia das pedras, na força da vida, no vento a pousar-lhe na cara.

Tristan vinha com ele de casa dos Dresner. Ao ver o pai, abraçou-o. A morte estava encostada a um canto da sala, Tristan olhava para ela como quem perde uma amiga. Tinha feito uma permanente, estava com o cabelo armado, pintado de loiro, parecia ligeiramente mais nova, até esboçava um sorriso ténue e os olhos estavam marejados como numa despedida de amantes numa plataforma dos caminhos de ferro.

Gould olhou na direção dela, não a via, mas sentia uma melodia triste vir do canto da sala, uma harmonia antiga, antiga como o Universo, uma melodia que lhe cabia contrariar. Era isso que fazia ao piano. Contrariar todas as leis, criar novas, tão novas que lhe faziam tremer os lábios, leis que corroborassem um ideal mais justo, que impedissem a voragem indiscriminada do Universo, que ensinassem Deus a portar-se como Deus. Podemos atirar garrafas e isso não ter qualquer efeito, mas atiramo-las. Isso confere-nos uma dignidade divina, de quem não se deixa vencer pela tirania da realidade, de quem faz coisas absurdamente simples para obter um resultado absurdamente complexo. Foi assim que nasceu o Universo. Da simplicidade absoluta para a complexidade desmedida, de uma garrafa atirada ao mar até isto, até funcionários alienados, eternamente à porta de um paraíso, até escravos, até homens de óculos, de bengalas, até homens na Lua, até pessoas que se amam a ponto de atirarem garrafas e reiniciarem o processo com a esperança de obterem a coisa justa, perfeita, redonda, platonicamente redonda. A esperança. Corre-nos nas veias. Nas palavras. E, quando a pisamos, ela continua a trepar pelo corpo como uma doença. Abençoada seja.

 Tirou uma cerveja do frigorífico. Tirou a carica com o isqueiro. Bebeu a cerveja de um trago.

 — Vamos a Honfleur, Tristan? — perguntou Gould.

 — Fazer o quê?

 — Atirar uma garrafa ao mar.

 Erik Gould esbracejou como se afastasse as traças que voavam à sua volta.

 — O que foi?

 — Tive uma sensação estranha, como se estivesse embrulhado numa teia de aranha.

—

Partiram num sábado e sentaram-se no cais, depois de comerem mexilhões.
— Há uns dias, em casa do Isaac, sonhei com Deus.
Tristan tirou uma folha do bolso, desdobrou-a.
— Fizemos, eu e o Isaac, um retrato-robô da cara de Deus.
— Como os da Polícia?
— Como os da Polícia.
— Posso ver?
— Claro.
— Parece a tua mãe.
— O Isaac disse-me que se parecia contigo.
— Comigo?
— A Tsilia disse que era igual ao vizinho da frente.
A Clementine disse que se parecia com Platão.
— Clementine?
— É uma outra história.
Gould pegou na garrafa de cerveja.
— Queres ser tu a escrever a mensagem?

Tristan disse que sim.
A morte sentou-se ao lado dele, enquanto escrevia.
— Posso ler? — perguntou Gould.
A morte fez que não com o dedo.
Tristan disse que não.
Gould pôs a mensagem dentro da garrafa.
Atiraram-na ao mar.

Foi a única mensagem na garrafa que não foi dirigida a Natasha, mas Gould não sabia disso. Não podia adivinhar que a mensagem era, na verdade, dirigida a si.
    A morte afastou-se lentamente, com um inexorável sentimento de derrota. Ela, que nunca perdera uma partida de xadrez.

—

A rotina em casa de Gould foi-se alterando paulatinamente, as harmonias passando a ser outras. Efetivamente, ao chegar a casa, o pianista sentia nas paredes, nos cortinados, na luz que entrava pela janela, sons diferentes, a composição de acordes menores passou a ser feita de acordes maiores, havia até, como dizer, uma espécie de alegria que por vezes despontava entre duas notas. Tristan também a sentia, era como encontrar no meio do chão de alcatifa um cogumelo comestível, um *portobello* ou um amanita-dos-césares.

Ultimamente, a velha aparecia com menos regularidade e quando o fazia mantinha uma distância respeitável, ficava a olhar de lado, a segurar na sombrinha, ligeiramente encurvada, mas aborrecia-se depressa, dava uns passos para se ir embora, hesitava, parava, voltava a andar.

Um dia, Tristan sentou-se ao lado do pai, no banco do piano. Cabiam os dois, porque não era preciso fazer espaço para a velha. Tinha a caixa de sapatos ao colo.

Talvez já não fosse preciso levá-la ao museu, já não se sentia velho e raramente via traças, mas Tsilia dissera--lhe para o fazer. Não importa o desfecho, mas sim a sinceridade com que olhamos para o fim. A mensagem da caixa de sapatos era valiosa demais para ser ignorada. Dresner dissera-lhe então: Escolhe um sábado, um imenso sábado.

— Sinto-me melhor — disse Tristan e, levantando os olhos para o pai: — Sinto-me salutífero.

— Salutífero?

— Sim, li no *Dicionário de sinónimos, poético e de epítetos*.

Epílogo

―

Conforme combinado com o homem de chapéu cinzento, Erik Gould deu vários concertos na URSS e no Leste Europeu, fez múltiplas viagens e *tournées*. Enviou, através da sua música, inúmeras mensagens encriptadas, mas sempre com a esperança de comunicar com Natasha. Era a sua única motivação para o fazer. O resultado foi um caos. Ninguém se entendia.

A agência foi perdendo qualquer esperança de conseguir alguma coisa com os solos de Gould, e os concertos foram escasseando. Ainda voltaram a fazer uma derradeira tentativa, em Dezembro de 1979, dez anos depois daquele encontro no festival em Belgrado. As mensagens recebidas foram sujeitas a diversas interpretações. Os operacionais contratados e treinados para as decifrarem diziam que eram cartas de amor e não percebiam nelas quaisquer outras mensagens. Não havia nenhuma utilidade naquilo. Ainda tentaram encontrar um segundo sentido naqueles solos, substituir "beijo" por "submarino", "abraços" por "bombas" e "eternidade" por "alvo estratégico". A confusão instalou-se, a comunicação foi gravemente afetada e, num espaço de dias, tudo se precipitou. A União Soviética invadiu o Afeganistão e apanhou a CIA de surpresa.

O homem de chapéu cinzento, apesar de viver o maior fracasso da sua história profissional, sorriu ao ler os últimos relatórios. Desistiu finalmente de Gould. Deveria ter previsto esse desfecho. Levantou-se, apagou a luz e saiu do escritório. Não regressaria.

Contudo, a carreira como escritor permanecia intacta.

MENSAGENS INTERCEPTADAS PELA CIA,
QUER EM GARRAFAS, QUER EM CONCERTOS,
TENDO SIDO ARQUIVADAS COM O TÍTULO:

Meine liebe, Natasha Zimina,
Mon amour, Natasha Zimina

Amo-te com todo o mar onde deito esta garrafa.
Natasha, atira uma palavra contra a minha alma, para que eu ouça o teu desejo como se vê um peixe a nadar num aquário de uma tia de província. Façamos das nossas memórias uma pedra de atirar contra janelas e partir o vidro que nos separa da chuva.
É isso, Natasha, temos de ser até ao fim. Não somos seres humanos de desistir num caixão, somos muito mais longe, somos até ao fim. Quando o Universo desistir de existir, nós manteremos a vida, somos nós que fazemos a eternidade. O Universo não acaba enquanto nós formos.
Por vezes tinha vontade de te mastigar, de te roer a carne, porque não conseguia possuir-te só com beijos e penetrando-te, então tinha necessidade de te esmagar, de pegar num martelo e de o usar nos teus mamilos como se pregasse pregos na parede, era assim a intensidade com que te amava, com a intensidade de esmagar,

de triturar, de pregar pregos, com a intensidade de gritar e rasgar-te o corpo, o meu também, quero ser o cão dos teus ossos e que tu sejas o cão dos meus.

—

Olha, deixa-me dizer-te que o mundo cabe dentro de um coração, mas é um processo venoso, que me deixa ontem e ao mesmo tempo amanhã. Querida Natasha, temos um tempo especial que vai de sempre até ao início e acaba onde a palavra "amor" já não tiver mais letras. Ou, então, deixa-me dizer-te apenas o seguinte, que há um defeito que tenho nos lábios, que é terem na superfície o teu nome muito bem escrito a saliva. As melhores coisas escrevem-se a saliva, Natasha. Vidas inteiras escritas nos lábios. Um segundo, menos do que isso, as bocas tocam-se e depois acontece aquilo a que os cientistas chamaram Big Bang, porque não sabiam o que haviam de chamar ao começo do Universo e chamarem-lhe "beijo" pareceu-lhes pouco científico. Assim, que fique claro e decretado, assinado e impresso, que o infinito começou no epitélio dos beiços, num beijo incontido. Quando se fala numa serpente no Génesis, fala-se apenas da tua língua. Aquela que me fez engolir um fruto, que rastejou da cova da tua boca e entrou na minha para garantir que toda a Humanidade depois disso seria caída, um sucedâneo de um beijo, de uma língua que diz: Eu sou o fruto proibido. Olha para o meu corpo, tão espiritual como uma mensagem numa garrafa.

―

    Olha para o meu corpo, tão espiritual como uma mensagem numa garrafa.
    Olha para o meu corpo, definitivo, de vidro castanho.
    É isto aqui, desesperado pela ausência. Tenho duas flores para te dar e que esperam na nossa casa a jarra para serem vivas. Porque estas flores não existem, são uma ideia que tive um dia enquanto pendurava um quadro que tinha comprado numa feira e que é uma imitação de Schiele, e então pensei que poderia cultivar uma flor que fosse uma maneira de semear dentro do meu nascimento o teu nome. E ainda outra flor que fosse semear na minha morte o teu nome. Isso garantiria que estarias desde o meu princípio até ao meu fim, como uma história bem contada.
    Se em vida não me encontrar no teu beijo mais profundo, então que, em morte, eu seja as cortinas do teu quarto. Quando dormires, serei eu a decidir que luz irá passar. E direi aos teus sonhos: aquele pó ali, aquela flor a despontar.

Tenho a certeza de que seremos eternos, pelo menos no Verão, quando corrermos pela praia, com palmeiras à nossa volta, histéricas de nos verem ali, num areal tão deserto. E tenho a certeza de que seremos eternos porque o meu relógio para quando penso em ti.

Foste tu que me ensinaste a ter o corpo todo. Com a língua percorreste todo o meu território, despertando geografias desconhecidas. Há lugares, covas, depressões e elevações que não sabemos possuir até que uma língua as desenhe com a sua ponta fina e húmida, com a tinta da saliva, a tinta do amor, aquela que escreve os mais belos versos e que de uma pequena área de pele faz um banquete, um banquete sobre o qual se debruça a boca como uma varanda ou uma balaustrada. Lembro-me, Natasha, de cada frase que escreveste com saliva, a escrita cursiva da paixão, lembro-me de não saber, no final, distinguir o que fora feito com a boca do que fora feito com o sexo, lembro-me de um dia eu ter chegado perto de ti e me teres dito para pensar em nós, para pensar com tanta força que pudéssemos cair no chão aleijados, e eu trauteei uma melodia que tinha no sangue, mas fi-lo com os dedos rodando sobre os teus mamilos, umbigo, nádegas, braços, sexo, dedos dos pés, coxas, fi-lo como se tocasse piano, e ouvia cada movimento que fazia, cada gesto tinha o som da melodia que me corria no sangue, e tu gemeste a mesma canção com as tuas unhas espetadas nas costas, nas minhas costas, a pressão que fazias correspondia matematicamente à melodia que os meus dedos tocavam no teu corpo.

Durante sete dias fui incapaz de me vestir e de tomar banho, para não conspurcar a minha nudez, a nudez que tinhas criado no meu corpo e que não existia antes disso. Não podemos tapar a luz da pele, com o risco de a estragar para sempre. Durante sete dias andei nu, sabendo que o meu corpo existia porque o seu contorno, a sua forma, fora desenhado pela tua saliva.

Veste-te, disseste-me, e eu obedeci. Então explicaste--me: a minha pele já não era minha e o meu corpo era uma forma difusa e abstrata que ia dos teus mamilos ao meu palato, que ia dos meus pés aos teus órgãos internos, que ia das palavras à fome, que ia do sol que te brilhava na pele até aos ossos das minhas pernas. Que não havia roupa nenhuma que impedisse de nos misturarmos, foi o que disseste.

―

Lembras-te de quando te disse:
Não te sinto na pele, nem nos lábios quando nos beijamos, nem nos nós que damos com as nossas pernas, nem nos cabelos que tocamos um do outro.
Não te sinto em lado nenhum, assim como não sinto o fígado, os rins, as unhas a crescerem, os ossos a arquitetarem-se. E, se sinto alguma destas coisas, o estômago, os intestinos, a cabeça a explodir, é porque alguma coisa está mal e isso não poderia acontecer quando estás aqui e somos o mesmo corpo, como duas mãos postas em oração.
Vivemos tantas coisas impossíveis, por serem tão banais, tão quotidianas como quando tomávamos um café de manhã ou quando ríamos um pôr do sol ou quando simplesmente olhávamos para a paisagem e respirávamos as mesmas palavras.

Conheci-te como quem colhe uma nuvem com os olhos. Ficou cá dentro, era um pedaço de mim que eu podia guardar numa melodia. Porque tu não eras somente a mulher que aparece num passaporte, eras a música, a própria música, antes de ser tocada, antes de ser ouvida, antes de ser imaginada. Nunca desafinámos. Eu dava um tom e tu davas-me a vida e eu tocava-te ao piano. Na cama levava bocados das minhas composições e harmonias, sabia que as notas de uma sonata faziam mais pressão no teu ventre do que os meus dedos finos e delicados. Tocava o Universo e dava-lhe densidade. Disseste-me: O Universo é mais real quando tu o tocas, a salsa cheira melhor, o ar é mais puro. As tulipas são mais coloridas, as rosas são mais rosas. Quando tu tocas, o tempo muda, fazes chover, fazes nevar, fazes sol. Juro que era assim. Foi o que me disseste.

―

Eu, depois de te beijar pela primeira vez, abri os olhos, voltei a fechá-los, ofegava, transpirava, quando me veio uma melodia à cabeça cuja tradução para palavras seria assim, geometricamente assim: Toda a minha vida engoli os beijos que tinha dentro do corpo e que mostravam intenção de sair, de escapar. Fazia como se fosse expectoração, pigarreava e fazia-os voltarem para o lugar de onde tinham saído, e fazia-o para evitar que me chegassem aos lábios e se perdessem no contacto com bocas que me eram indiferentes.
   O beijo que te dei, este que passou dos meus lábios para os teus, tinha vinte e três anos de idade, já cá andava para trás e para a frente como um animal enjaulado há mais de duas décadas, até tu lhe abrires a porta com a tua língua. Sentiste as asas desse beijo a roçarem a tua boca? Sentiste o pequeno grito silencioso que continha, um fá menor com quinta aumentada? E então eu disse-te: Tens um cigarro? E tu estendeste o braço para o lado, meteste a mão na bolsa, tiraste um cigarro, colocando-mo na boca como se fosse mais um beijo. E acendeste-mo.

―

Até onde podemos esticar o amor? Até à pele do outro ou mais longe? Será possível que atravesse o tempo, o espaço, que voe por cima do deserto jordano e atravesse o Índico e suba o Hindukush e penetre na boca do Vesúvio, será possível que se estenda para lá da vida, que voe pelo cosmos como aqueles cometas solitários que deambulam milhões de anos numa solidão infinita e silenciosa? Talvez seja isso tudo, e mais ainda, talvez seja possível enfiá-lo numa garrafa e atirá-lo ao mar para que navegue até ao destino, que é a espinha do amor, que é o que o faz mover. O amor tem dentro dele uma direção, um sentido, uma enteléquia, um primo móbil. Seria expectável que, se Deus existisse, tivesse no início dos inícios criado o mar, tivesse bebido uma cerveja, tivesse escrito o Universo num bocadinho de papel, tivesse enfiado a mensagem na garrafa, tivesse atirado a garrafa ao mar, tivesse esperado que o amor concretizasse o Universo, a sua mensagem, enquanto fumava um cigarro no cais de Honfleur.

MENSAGEM ARQUIVADA
ISOLADAMENTE COM O TÍTULO:

Gostava que coxeasses por mim

―

Papá,

Magoamo-nos uns aos outros. Percebo isso. Deixamos marcas, cicatrizes. Por isso é que o senhor Dresner coxeia. Sei que não é uma ferida real, a cabeça do amigo dele apenas lhe tocou no pé. Mas ele nunca mais o esqueceu. E nunca mais parou de coxear. Isso fez sentido para mim, pois também desejei algo parecido, e, quando li no folheto do Museu do Sentido da Vida este poema, que alguém escreveu aos pais, quis enviar-to. Aqui está:

> Como é que eu farei para
> Que sofram com a minha partida
> Que nunca mais riam
> Ou joguem às cartas
> Ou construam castelos de areia?
> Como é que se faz para que
> Continuem a sofrer pela eternidade?

Pois era isso que eu queria,
Que a minha ausência vos magoasse tanto,
Vos dilacerasse tanto,
Que vos doesse a saliva
E os ossos e os sonhos mais bonitos
E o cheiro das flores.
Tudo haveria de ser dor,
A preencher todos os espaços,
Os botões da roupa,
A luz a passar pela janela,
Os sapatos desalinhados,
As unhas a crescerem,
Seria tudo dor e eu,
Não sendo,
Pisaria os vossos ossos
E esmagaria a vossa cara
E mastigaria as vossas pálpebras
Para que não dormissem nunca mais,
E com as mãos puxaria
As lágrimas dos vossos olhos, uma a uma,
Passaria o tempo todo a arrancar-vos lágrimas,
Como um mineiro.

Se morrer antes de ti — pode acontecer — gostava muito que coxeasses por mim.

Copyright © 2016 Afonso Cruz
Publicado em Portugal pela Companhia das Letras Portugal, 2016
O autor é representado pela Bookoffice (bookoffice.booktailors.com)

Revisado segundo o Novo Acordo Ortográfico da Língua Portuguesa.
Nos casos de dupla grafia, foi mantida a original.

CONSELHO EDITORIAL
Eduardo Krause, Gustavo Faraon, Luísa Zardo,
Nicolle Garcia Ortiz, Rodrigo Rosp e Samla Borges
PREPARAÇÃO E REVISÃO
Rodrigo Rosp e Samla Borges
CAPA E PROJETO GRÁFICO
Luísa Zardo
FOTO DO AUTOR
Arquivo pessoal

**DADOS INTERNACIONAIS DE
CATALOGAÇÃO NA PUBLICAÇÃO (CIP)**

C957n Cruz, Afonso.
Nem todas as baleias voam / Afonso Cruz.
— Porto Alegre : Dublinense, 2023.
286 p. ; 19 cm.

ISBN: 978-65-5553-025-4

1. Literatura Portuguesa. 2. Romance
Português. I. Título.

CDD 869.39 • CDU 869.0-31

Catalogação na fonte:
Ginamara de Oliveira Lima (CRB 10/1204)

Todos os direitos desta edição
reservados à Editora Dublinense Ltda.
Porto Alegre • RS
contato@dublinense.com.br

Descubra a sua próxima
leitura na nossa loja online

dublinense.COM.BR

Composto em MINION e impresso na PRINTSTORE,
em AVENA 80g/m², no INVERNO de 2024.